세상의 모든 고독
아이슬란드

ICELAND

세상의 모든 고독 아이슬란드

이준오 지음

홍익출판사

MAP OF ICELAND

ÍSAFJÖRÐUR

BORGARNES

HVALFJÖRÐUR

GULLFOSS

AKRANES

GEYSIR

REYKJAVÍK

ÞINGVELLIR

BLUE LAGOON

EYJAFJALLAJÖKULL

SELJALANDSFOSS

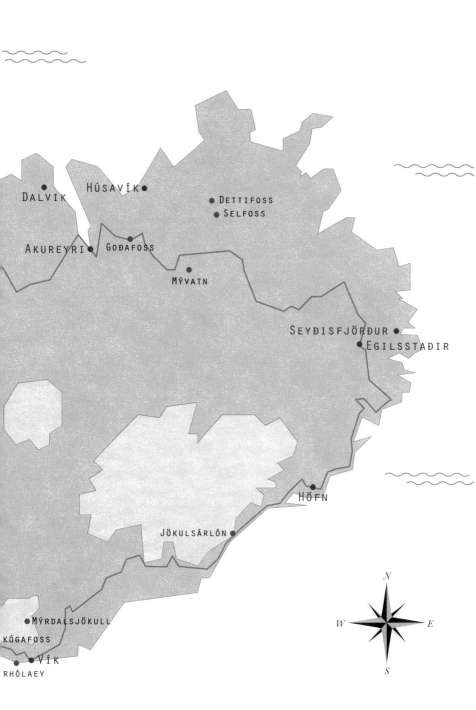

CONTENTS

PART 1

사람이
없는
곳

세상의 모든 고독
아이슬란드

아주 적은 수의 사람들만이 아이슬란드에 관심을 갖는다.
그러나 그 적은 사람들은 열정적이다.

— 위스턴 휴 오든(Wystan Hugh Auden)

세상의 모든 고독
아이슬란드

왜 하필 아이슬란드로
가려고 해?

여행은 쉽지 않다. 여행을 꿈꾸는 일은 쉽지만 실행에 옮기는 데에는 용기가 필요하다.

어디로 가고 싶은지, 무엇을 보고 싶은지에 대한 명확한 생각도 없이 우리는 습관처럼 중얼거린다.

'아, 떠나고 싶다. 어디로든……'

이 중얼거림은 사실 '도피'에 대한 희망이다. 긴 시간 나를 누르고 있는 모든 무게들로부터의 시한부 탈출이다. 그리고 그것은 희망이기에 더더욱 쉽게 이뤄지지 않는다.

시간이 나를 가로막고, 여행을 가는 대신 당장 처리해야 할 것 같은 일들이 나를 고민에 빠트린다. 그래서 떠나고 싶다는 말은 쉬이 '아 피곤해', '아 졸려' 같은 입버릇과 같은 무게에 머물러버리곤 한다.

그러나 떠날 수밖에 없는 마음의 한계라는 것이 결국엔 찾아오고야 말고, 그럴 때 떠나게 된다. 여태까지는 이곳보다 더 오랜 시간의 문화와 예술이 고여 있는 곳으로 가서 무언가를 얻으려 하기도 하고, 그저 단순히 편안하게 쉬며 맛있는 음식과 술을 즐길 수 있는 곳으로 떠나기도 했었지만 이번엔 달랐다. 나는 어떤 것이 보고 싶었다.

지금까지의 여행과는 다르게 '목적지'가 있었다. 그곳에서 나를 '고립'시키고 싶었다.

또래의 영화 팬이라면 으레 그렇듯 나 역시 리들리 스콧^{Ridley Scott} 감독을 좋아하고, 그가 연출한 〈에일리언^{Alien}〉의 열정적인 팬이었다. 그래서 1편의 프리퀼이라는 〈프로메테우스^{Prometheus}〉(2012)는 반드시 봐야 하는 작품이었다. 기대대로 좋은 영화였고 볼거리와 메시지가 가득했다. 그중에서 유독 내 눈을 사로잡은 장면은 다름 아닌 오프닝 시퀀스에 나오는 초현실적 풍경이었다.

영화 첫 부분에는 자기 몸을 희생해 생명의 씨앗이 되려는 엔지니어가 뛰어내리는 거대한 폭포가 나온다. 자신을 내려놓은 모선이 떠난 후 생명이라고는 전혀 없는 태초의 지구에 홀로 남은 존재와 너무도 어울리던 폭포. 황량하고 장엄하여 아름답다기보다 무섭다는

영화 〈프로메테우스〉의 오프닝 시퀀스에 나오는 데티포스

표현이 더 어울리는 폭포였다. 흐린 하늘 아래 그 하늘만큼이나 음울한 색깔의 물이 어마어마한 물살을 이루며 거칠게 쏟아져 내린다. 완벽한 회색과 검은색, 그 무채색의 살풍경.

사실 나는 그 폭포가 실재하는 것이라고 생각하지 않았다. '오, 역시 할리우드의 CG 기술은 대단하군'이라는 감상과 함께 '그래 태초의 지구는 저런 모습이었겠지. 기가 막히게 묘사했구나'라고만 생각했다. 그런데 그곳이 정말 존재하는 곳이라고 한다. 이 지구에. 내가 발을 디디고 살고 있는 세상의 어딘가에는 정말 저런 곳이 있다. 아무도 살지 않는 곳에 저렇게 홀로 저 거대한 물줄기가 매일매일 쏟아져 내리고 있는 것이다.

세계적인 아티스트 시규어 로스Sigur Rós와 비요크Björk의 출생국, 마음만 먹으면 여기저기 건너다니며 둘러볼 수 있는 유럽의 다른 국가들과 달리 북쪽 구석에 덩그러니 놓인 작은 섬, 아이슬란드.

사실 수년 전 시규어 로스의 아이슬란드 투어를 담은 영상 〈헤이마Heima〉를 보며 그 낯선 풍광에 감동받았던 적도 있었지만, 당시의 나에겐 '판타지'일 정도로 비현실적인 곳이었기에 내가 아이슬란드에 가게 될 것이라고는 상상조차 못 했었다. '문명'이 아닌 '자연'을 보러 그토록 먼 거리를 떠난다? 이전의 나로서는 상상하기 힘든 일이었다. 아이슬란드를 가기로 정하자 두려운 마음이 드는 것과 동시

비요크의 공연 모습과 시규어 로스의 〈헤이마〉

에 가슴이 뛰기 시작했다.

　아이슬란드를 간다고 하자 주변 사람들은 대부분 '아일랜드? 아니 아이슬란드? 왜 굳이 거길 가려고 해? 거기 혼자 가면 뭐가 있는데?' 라고 물었다. 그럴 땐 폭포를 보러 간다고 하기도 좀 뭐해서 그냥 '아무도 없는 곳이라서 간다'고 얼버무렸다. 남한과 비슷한 크기에 인구가 35만밖에 안 된다니 정말 아무도 없는 곳일지도 모른단 생각도 들었다. 매사 귀찮아하는 내 성격을 잘 아는 친구들은 내가 과연 진짜 갈 수 있을지 약간 반신반의했지만, 나 역시 그런 나를 잘 알기에 더 주변에 공언하듯이 이야기했다. 그렇게라도 하지 않으면 정말 떠나지 못할 것만 같았다.

　여행을 결심한 뒤로 1년여의 시간이 흘렀다. 떠날 수 있는 시간과 기회는 좀처럼 찾아오지 않았고, 조금씩 지연되던 작업들을 모두 마친 뒤에야 아이슬란드행 비행기 티켓을 끊을 수 있었다. 발권을 했다는 사실 하나만으로도 나와의 약속을 스스로 지켜낸 듯한 기분에 행복하게 들떴다.

아이슬란드는 여전히 한국 사람들이 많이 찾는 곳은 아니다. 직항편이 없어서 암스테르담에서 아홉 시간을 머물러야 하는 네덜란드 항공사의 항공편을 예약했다. 총 스물세 시간의 여정, 지금껏 가본 곳 중 가장 먼 곳일지도 몰랐다.

그런데 막상 떠날 날짜가 정해지고서야 깨달은 사실이 있었다. 내가 놀랍도록 이 나라에 대한 지식이 없다는 것이었다.

열심히 여행 정보를 수집하고 준비해야 할 상황이었음에도 두 편의 영화음악 작업 이후 완전히 방전되어 하루하루 멍한 상태로 지내느라 가서 무엇을 할 것인지, 어떻게 가야 하는지, 무엇을 먹어야 하는지 아무런 계획도 없이 시간을 보내버린 것이다. 결국 출발을 며칠 앞두고서야 부랴부랴 아이슬란드 관련 카페에 가입하고(하지만 내가 무언가를 잘못했는지, 다녀온 이후로도 정회원이 되지 못했다), 아이슬란드를 먼저 다녀왔던 〈더 테러 라이브〉의 김병우 감독을 찾아가 이런저런 조언을 구했다. 1년 전, 그가 여행 중 이따금 메신저로 보내주던 아이슬란드 사진들이 내 여행 욕구에 불을 지른 바 있기 때문이었다. 그러나 그 역시 즉흥 여행주의자였던지라 구체적인 정보는 없었는데, 그나마 그가 해준 얘기는 대충 이러했다.

1. 차를 렌트해야 한다. 기름을 자주 넣어라. 차에서 들을 음악을 잔뜩 가져가라. ─ 그야 물론.
2. 물론 춥다. 그러나 막 그렇게까지 춥진 않다. ─ 무슨 말인지.
3. 첫날은 수도인 레이캬비크Reykjavik에서 묵게 될 것이다. 그다음 목적지와 숙소는 지도 보고 그때그때 정해라. ─ ⋯⋯?
4. 내비게이션을 켜고 1번 국도로 달리다 보면 뭐 대충 다 나온다. 지도 봐라. ─ 저기요⋯⋯.
5. 아이슬란드어는 외계어에 가깝다. 하지만 거의 모든 사람들이 영어를 구사한다.

⋯⋯아니 그런데 정말 이 정도로 괜찮은 건가? 그러니까 한마디로 하루 종일 차를 타고 나라를 한 바퀴 도는 대장정(?)이라는 얘긴데 왠지 이게 '휴식'을 위한 여행처럼 느껴지지가 않는 것이다. 기차도, 지하철도 없는 나라. 매우 한정된 교통수단을 갖고 있고 명확한 거점 없는 그야말로 '방랑'의 여행지였다. 뭐 물론 낯선 나라에 가는 것이 대부분 그렇긴 하겠지만 그래도 무언가 미리 정해진 계획이나 시스템에 의

해 움직이게 되는 나 같은 도시 생활자에게 아이슬란드 여행은 어쩌면 고생문을 제대로 여는 일이 될지도 모른다는 불안감이 들었다(이것이 얼마나 짧고 어리석은 생각이었는지 미리 고백해두는 편이 좋겠다).

하지만 어쨌건 이젠 떠나는 것만 남았다. 천성적인 게으름이 한 번씩 내 귓가에 대고 '야, 그냥 환불하고 편한 데로 가. 귀찮지 너?'라며 끝까지 날 유혹했지만 잘 참아냈다.

이윽고 출국일. 밤 12시 55분에 출발하는 비행기에 올랐다. 내 좌석 주변에는 한국인 승무원도 한국인 승객도 없었기에 비행기에 오르는 순간 이미 나는 이방인이 되었고 치과에서 자기 차례를 기다리는 사람처럼 불안해졌다. 마침내 비행기 바퀴가 지면을 떠났다. 한 편의 영화를 끝내고 몇 잔의 술이 들어간 다음에야 '될 대로 되라지' 하는 심정으로 잠이 들었다. 비행기에서는 술이 어찌나 빨리 취하는지!

깊은 잠에서 깨어났을 때 난 이미 유럽의 하늘 위에 있었다. 비몽사몽간에 식사를 한 뒤 경유지인 암스테르담 스히폴 공항에 내렸다. 새벽 5시였고 혼자였다.　　　　　　　　　　　　　　　　✽

사람이 없는 곳

가까스로 해가 뜨자 암스테르담은
낯설고 우울했던 밤 풍경과는 무척이나 다른 자태를 드러냈다.
오밀조밀한 낡은 건물들과
한눈에 봐도 정말 오래된 듯한 거리의 보도블록,
습기를 잔뜩 머금은 차갑고 청량한 공기.

세상의 모든 고독
아이슬란드

02

처음 걷는 길은
시간마저 더디게 흘렀다

가을 새벽 5시. 혼자서 맞이하는 낯선 이국의 공항 풍경이라는 것은 생각했던 낭만과는 거리가 멀었다. 설렘보다는 스산함으로 가득 차 있는 그런 것이었다.

유럽 항공의 허브 스히폴 공항은 꽤나 규모가 커 입국 수속 창구를 찾는 데만도 한참이 걸렸다(덧붙여 나는 내비게이션 없이 어디도 못 가는 가공할 만한 길치라는 것을 미리 말해두어야겠다).

공항 내부는 한적했고 의자마다 환승을 기다리는 듯한 여행자들이 잠들어 있었다. 다음 비행 시간인 오후 2시까지 공항에 있을 순 없어 몇 군데의 안내 데스크를 돌며 물어본 끝에 시내로 가는 열차에 올라

탔다. 암스테르담 중앙역까지 20여 분. 시내에는 여전히 어둠이 깔려 있고 몇몇 술 취한 젊은 커플들이 삼삼오오 어슬렁대는 것 외에는 사람도 거의 없었다. 평일 새벽의 홍대 같은 느낌이랄까? 왠지 지금 들어가면 안 될 것 같은 음험함을 풍기는 클럽이나 술집들을 제외하고는 변변히 문을 연 곳조차 없어 해가 뜰 때까지 어디 있어야 할지 막막해졌다.

30분 정도 그냥 거리를 배회하다 마침내 간판에 불을 켜고 영업을 시작하려는 자그마한 카페를 발견했다. 안도의 한숨을 내쉬며 커피 한 잔을 주문하고 조그마한 테이블 자리에 앉았다. 허름한 옷차림으로 이른 아침인지 야식인지 알 수 없는 식사를 하는 노신사와 아마도 나와 비슷한 시간에 도착한 것이 분명한, 큰 가방과 등산복 차림의 중국인 중년 부부. 그리고 내가 전부인 공간.

금요일 밤을 송두리째 불사른 뒤 좀비처럼 서성대고 있는 젊은이들과 난장판이 된 거리를 청소하는 중년의 청소부들로 웅성이는 바깥과 달리 카페 안은 숨 막히도록 조용했다. 시간은 느릿느릿 흘렀고, 나는 진한 커피를 조금씩 마셔가며 그제야 아이슬란드 케플라비크Keflavík 공항에서부터 시내의 호텔까지 가는 방법을 주섬주섬 검색했다.

가까스로 해가 뜨자 암스테르담은 낯설고 우울했던 밤 풍경과는 무척이나 다른 자태를 드러냈다. 오밀조밀한 낡은 건물들과 한눈에 봐도 정말 오래된 듯한 거리의 보도블록, 습기를 잔뜩 머금은 차갑고 청량한 공기.

전형적인 유럽의 정취(라고 하기엔 그다지 여러 곳을 다녀본 것도 아니지만), 바둑판처럼 거리를 가르고 있는 운하의 풍경에 취해 처음 가졌던 막막함과 두려움은 자연스레 사라졌다. 이제야 '아 떠나왔구나'라는 생각에 마음에 평화가 찾아왔다. 목적 없이 아무 데나 걸어다니다가 사진을 찍고, 다리가 아프면 벤치에 앉아서 멍하니 쉬는 것을 반복하며 긴 시간 천천히 공들여 산책을 했다.

여행 전의 일상을 떠올리면 이렇게 그 어떤 일도 하지 않고 시간을 보내는 것이 얼마나 사치스러운 쾌락인지 모른다. 거리에 사람들이 점점 늘어나고, 구름이 걷히면서 햇살이 비치기 시작하자 암스테르담은 원래의 모습을 보여주기 시작했다. 사람들이 브런치를 즐기고 있는 레스토랑 창가에 자리를 잡고 생맥주를 주문한 뒤, 가져간 책을 읽으며 시간을 보내자니 세계 최고의 한량이 된 듯한 기분이 들었다. '아…… 그냥 여기 있을까?'라는 유혹이 또 고개를 스멀스멀 내밀었다.

그리 춥지 않은 늦가을 날씨는 서울과 비슷했다. 청명한 하늘 아래 상점에는 갖가지 상품들과 먹을거리가 여기저기 가득하다. 더치

하우스^{Dutch House} 음악(네덜란드를 시작으로 세계적인 유행을 일으키고
있는 EDM의 한 장르)의 고향이니 당연히 클럽이나 밤 문화도 세계 최
고 수준이다. 아직 아이슬란드에 도착하지도 않았지만 그곳엔 딱히
이런 즐길 거리가 없으리란 예감이 본능적으로 들었다. 3주의 일정
을 잡았으므로 일단 아이슬란드에 갔다가 '별거 없으면' 빨리 이곳
으로 돌아와 일주일 정도 있어야겠다고 생각했다. 어차피 계획 없는
여행이었으니 마음대로 해보련다. 어차피 나는 뼛속까지 도시 인간

이라, 아무것도 없는 시골에 은둔하는 것도 늘 사나흘이 한계였던 사람이다. 그곳에 질려버릴 수도 있다.

피로와 아쉬움에 찌든 채로 일찌감치 다시 공항으로 향했다. 공항에 도착해서 보니 이륙이 두 시간 정도 남았다. 서울과 네덜란드가 일곱 시간 차고, 아이슬란드에서는 시차가 또 한 시간 늘어나기 때문에 나의 금요일은 점점 길어지고 있었다. 공항 라운지에서 요구르트와 설익은 바나나를 썹어가며 시간을 보내다가 드디어 아이슬란드 케플라비크 공항으로 가는 비행기에 올랐다. 우리나라 국내선같이 작은 비행기였고 승객도 많지 않았다. 여행객보단 자국인이 더 많아 보였고 승무원과 안면이 있는 듯한 승객들이 격식 없이 즐겁게 대화를 나누었다. 물론, 전혀 알아들을 수 없는 외계어로. 그 언어를 듣자니 '아 이제 드디어 아이슬란드로 가는구나'라는 기분이 들었다. 낯설다. 낯선 기분은 자연스럽게 약간의 긴장과 쓸쓸함을 가져왔다. 혼자서 정말 먼 곳까지 왔구나. 그렇게 긴 시간을 혼자임에 익숙한 채 살아왔다고 생각했는데 그저 다른 언어만으로도 이렇게 쉽게 외로워지는 거였구나. 혼자라는 감정은 마치 물리적인 힘이라도 가진 양 의자 뒤에서부터 나를 조여오는 듯했다. 오밀조밀하고 질서정연한 네덜란드의 땅이 시야에서 점점 멀어지고 다시 바다로, 그리고 이내 구름으로 뒤덮였다. 잠시 후면 태어나서 처음 가보는 땅을 밟게 된다.

네 시간 정도를 타야 하는 아이슬란드 항공의 비행기는 깔끔했고 기내식도 훌륭했다. 좌석 앞 화면에선 아이슬란드의 관광 홍보 방송과(유튜브에서도 찾아볼 수 있다. 여행을 계획하는 분들이라면 꼭 체크해볼 만하다) 아이슬란드의 음악들을 들을 수 있는 섹션이 마련되어 있었다. 물론 자국의 음악 이외에도 다양한 장르의 음악을 들을 수 있는데, 한국에선 매우 매니악한 취향이라 불리는 음악들이 아무렇지도 않게 리스트에 올라 있어 다시 한 번 유럽에 온 것이 실감 났다.

　　세계인들에게 꿈의 여행지로 불리는 곳답게 관광이나 여행 관련 영상들이 꽤 잘 정리되어 있는데 특유의 유머러스한 글귀들이 눈길을 끌었다.

　　아이슬란드에서 가장 유명한 레스토랑은 다름 아닌 레이캬비크 시내에 위치한 작은 핫도그 가판대입니다.

　　아이슬란드는 눈부신 자연경관보다 국민의 70퍼센트 이상이 요정을 믿고 있다는 사실로 유명합니다.

　　이런 귀여운 글과 영상들을 한참 보다가 또 스르르 잠이 들었다. 좀처럼 끝나지 않는 하루.

쪽잠을 자다 눈을 떴다. 곧 도착한다는 기내 방송이 흘러나왔다. 시계를 다시 한 시간 전으로 당기고 아래를 내려다보니 육지가 보이기 시작했다. 이상한 기분이 드는 땅이었다. 도로도 건물도 숲도 나무도 보이지 않는 황량한 평원에 군데군데 하얀 얼음이 내려앉았고 그 가장자리를 희뿌연 안개 속의 바다가 감싸 안고 있었다. 사람의 흔적이라곤 자유분방하게 나 있는 좁다란 도로 한 줄기뿐. 엄연히 비행기가 오가는 문명국가임에도 미지의 세계에 발을 딛는 듯한 기분을 주는 묘한 풍경이었다. 드디어 아이슬란드에 도착했구나! 꼬박 하루가 걸렸다.

케플라비크 공항은 인천과 스히폴 공항에 비하면 도무지 국제공항이라고 느껴지지 않을 정도로 작았다. 거의 하루 동안 떨어져 있던 소중한 나의 가방을 찾아 게이트를 빠져나왔다. 시내로 가는 법을 찾으려고 이리저리 알아볼 필요도 없었다. 넓지 않은 공항 로비 끝에 버스표 파는 곳이 있었고 어떻게 봐도 그 이외의 대안은 없어 보였다. 머리를 온통 녹색으로 물들인 하얀 얼굴의 여직원에게 호텔 이름을 말하자 무심하게 티켓을 건네주었다.

버스를 타기 위해 공항 밖으로 나서는 순간 암스테르담과는 비교도 할 수 없는 차가운 비바람이 몰아쳤다. 하늘은 잔뜩 흐리고 오후 4시 반인데 곧 밤이 찾아올 것 같은 느낌이었다.

버스 짐칸에 짐을 싣고 내가 갈 호텔 이름을 재차 확인했다. 다들 영어를 한다고 하지만 나의 영어는 어설프고 아직 말이 입 밖으로 잘 떨어지지 않았다. 불안감에 버스 맨 앞에 앉아 출발. 버스가 달리는 좁은 도로 외에 다른 도로는 여전히 보이지 않았다. 나무가 자라지 못하는 토양인지 메마른 들풀과 이끼만 가득한 묘한 평지만이 펼쳐지는 차창 밖의 풍경들은 수년 전 남아프리카에서 보았던 황무지와 비슷한 듯 또 뭔가 달랐다. 북쪽의 공기가 갖는 차가움과 삭막함만이 넓게 펼쳐져 있었다. 옛날 롤플레잉 게임에서 나올 법한 성의 없는 무한 반복 필드 디자인을 보는 듯했다.

'아니 여기 어디에 아름다운 곳이 있다는 거지?'

한 시간가량 그런 풍경을 본 끝에 드디어 시내에 도착했다. 그때까지만 해도 나는 간절히 도시에서, 사람이 만들어놓은 무엇인가에서 안정감을 얻으려 했는지도 몰랐다. 그러나 아이슬란드의 수도이자 전체 인구의 30퍼센트 이상이 살고 있다는 레이캬비크는 거리에 지나가는 사람 한 명 보기 힘들 정도로 한적하고 작은 도시였다. 암스테르담이 보여준 꿈틀대는 활기는 눈을 씻고 찾아봐도 없는 얼어붙은 도시.

중간에 한 번 갈아탄 버스는 호텔 바로 앞에 나를 내려줬다. 체크인 후 친절한 데스크 직원이 알려준 대로 시내로 나갔을 때는 이미 거리는 깜깜했고 토요일 밤이라는 게 믿기지 않을 만큼 한산했다. 그리고 무엇보다 습기를 머금은 바람이 너무 차가웠다. 레이캬비크에서 가장 번화한 거리라는데 신사동 가로수길만큼도 안 될 것 같은 규모의 작은 길 하나가 전부였다. 3주는커녕 3일이면 다 둘러볼 것 같은 이 거리 언저리의 레스토랑을 찾아 맥주 한 잔과(맥주도 맛이 없어!) 따뜻한 치킨 수프로 몸을 녹였다. 왼편에는 퇴근길에 들른 듯한 정장 차림의 두 남자가 맥주를 마셨고, 오른쪽엔 여행 온 노부부가 식사를 하고 있었다. 그 사이에 앉은 나는 어서 혼자라는 것에 익숙해지지 않으면 힘들 것이라고 본능적으로 느꼈다. 아직 저녁 8시도 안 된 시각이었지만 서울의 새벽 같은 거리 분위기에 지쳐 호텔로 돌아가기로 했다. 그 와중에 또 길을 잃어 한바탕 헤맨 뒤에야 방에 돌아올 수 있었다. 유황 냄새 가득한 온수로 몸을 씻고 진흙 펄에 빨려 들어가듯 잠에 빠졌다. 이렇게 안락한 침대에 눕는 게 30여 시간 만이다.

　나는 이때까지도 아이슬란드가 어떤 매력을 지닌 곳인지 전혀 알지 못했다.　　　　　　　　　　　　　　　　　　　　　　　※

완만한 고갯길을 오르다가 내리막이 나타나자
곧바로 믿을 수 없는 풍경이 펼쳐졌다.
아득히 먼 곳에 한 번도 본 적 없는 모양의 눈 덮인 산,
그리고 끝이 가늠되지 않는 거대한 호수,
도시의 바로 근처라는 것을 도무지 믿을 수도,
납득할 수도 없는 광활한 평원이 놓여 있었다.

세상의 모든 고독
아이슬란드

03

세상에
이런 곳이 있었다

아이슬란드의 둘째 날이 밝았다. 새벽 4시 반에 잠에서 깨어 지도를 펼치고 오늘 갈 곳을 골랐다. 우선 남쪽으로 이동해 시계 반대 방향으로 아이슬란드를 한 바퀴 돌아보기로 했다. '비크Vik'라는 마을이 눈에 띄었다. 무엇보다 우선 이름이 가장 짧은 것이 마음에 들었다. 와이파이를 찾아 호텔을 예약하고 텔레비전을 켜놓고 알 수 없는 방송들을 보면서 짐을 챙겼다. 해가 몇 시쯤 뜨는 걸까. 창밖은 아직 너무도 캄캄했다.

식사를 마친 뒤 잠깐 산책을 하려고 다시 한 번 레이캬비크의 거리로 나섰다. 여전히 흐리고 분무기로 뿌리는 듯한 비가 조금씩 내리고 있었다. 새벽 거리는 한없이 조용하고 공기는 차고 깨끗하다. 아직 이 도시에 대한 경계심이 완전히 풀리지는 않았지만 확실히 어제보다는 편안한 기분이 들었다. 어디서든 하루 정도 자고 나면 편해져 버리는 의외로 낙천적인 인간이었는지도 몰랐다.

서울에서 이렇게 이유 없이 걷는 일이 얼마나 있었던가. 기억이 나지 않는다. 명색이 음악가라면서 너무도 오랜 시간 여유라는 것을 잊고 살았다. 그저 아무 목적도 부담감도 없이 걷는 것만으로도 기분이 좋아진다. 거리는 여전히 차갑게 텅 비어 있지만 나의 마음은 조금씩 알 수 없는 설렘으로 차올랐다.

레이캬비크의 랜드마크 하들그림스키르캬Hallgrimskirkja 교회를 시작으로 정처 없이 이곳저곳을 걸었다. 주상절리를 모티브로 만들었다는 이 교회는 모던하고도 미니멀한 디자인이 돋보였다.

이른 시간이어서 교회 문은 잠겨 있었지만 링로드 투어Ring Road Tour(섬 외곽을 한 바퀴 도는 1번 국도를 따라 아이슬란드를 일주하는 여행) 후 어차피 돌아와 긴 시간 머물 곳인지라 가벼운 마음으로 주변만 돌아보았다. 교회에서 내리막을 따라 걸으면 이런저런 상점과 식당이 모여 있는 거리를 지나 바로 바닷가로 갈 수 있다. 도로가 나 있고 사람이 사는 곳은 거의 대부분 바다와 접한 해변 지역으로, '인랜드Inland' 혹은 '하이랜드Highland'라 불리는 내륙 지역에는 사람이 거의

하들그림스키르캬 교회

없다. 그곳이 바로 여기 사람들이 요정과 트롤^{Troll}(북유럽 신화에 등장하는 상상 속 괴물)이 살고 있다고 믿는다는 지역이다.

호텔 데스크에 부탁해서 예약해둔 렌터카 회사에 픽업을 요청한 뒤 체크아웃을 마쳤다. 열흘 동안 나와 함께 다닐 자그마한 한국산 차에 짐을 싣고 움직이기 시작했다. 길을 모르니 내비게이션은 필수지만 빠르게 달리는 차도, 신호도 그리 많지 않아 운전이 쉬운 편이었다. 우선 데스크 직원(글을 쓰다 보니 그녀는 아무것도 몰랐던 여행 첫날 나의 구세주였구나!)이 알려준 크링란^{Kringlan} 쇼핑몰을 찾아 휴대전화에 넣을 현지 심카드와 먹을거리들을 샀다. 한국의 대형 쇼핑몰 같은 느낌이라 가장 이질감이 덜한 곳이었다. 이제 어디로든 나를 데려가 줄 자동차도 준비됐고 전화와 인터넷도 자유롭게 쓸 수 있다. 세상을 다 가진 기분으로 드디어 출발했다.

사진으로 보던 레이캬비크의 아름다운 거리 풍경은 여행자를 위한 숙소가 밀집된 시내 지역에 국한되어 있다고 봐야 할 정도로 그 이외의 거리는 매우 삭막했다. 아무래도 수도라기엔 너무 작았다. 차를 몰고 나온 지 몇 분 지나지 않아 건물들이 점점 줄어들면서 바로 외곽으로 빠져나왔다. USB 메모리 스틱을 차에 꽂고 가져온 음악들을 틀었다. 우연히 처음 나온 곡은 아이슬란드의 자존심인 시규어 로스의 브레인 욘시^{Jónsi}의 〈Go〉.

완만한 고갯길을 오르다가 내리막이 나타나자 곧바로 믿을 수 없는 풍경이 펼쳐졌다. 아득히 먼 곳에 한 번도 본 적 없는 모양의 눈 덮인 산, 그리고 끝이 가늠되지 않는 거대한 호수, 도시의 바로 근처라는 것을 도무지 믿을 수도, 납득할 수도 없는 광활한 평원이 놓여 있었다.

시야가 양쪽으로 확 넓어지는 느낌이었다. 나도 모르게 입 밖으로 욕 섞인 감탄사가 튀어나왔다.

시내 밖으로 나온 지 5분도 채 되지 않아 자동차 안에서만 이런

경치를 본다는 것은 말이 안 된다는 생각에 차를 길가에 대고 내렸다. 검은색이 감도는 낯선 색의 땅을, 깎아놓은 듯 정갈한 낯선 형태의 돌을, 낯선 모양의 이끼를, 이 낯선 세상을 온몸으로 느껴보고 싶었다. 이후에도 마찬가지였지만 아이슬란드는 '목적지'가 의미 없는 곳이다. 길을 달리다 눈길을 사로잡는 곳에서 멈춰 내려 '말도 안 돼'를 중얼대다가 다시 이동하고. 배고프면 밥을 먹고 어두워지면 마을에 머무는……. 그야말로 '유랑'에 가까운 여행이었다.

고작 2차선 도로밖에 안 되는 1번 국도 '루트 1 Route 1'은 신호등도 없고 지나다니는 다른 차도 거의 없었다(비수기였기에 더했을 것이다). 분명한 건 주차 표지판이 세워진 곳 근처엔 분명 절경이 있다는 것이다. 끝없이 가다 서다를 반복했다. 그리고 가끔씩 등장하는 표지판엔 유명 관광지가 ⌘ 마크와 함께 안내되어 있어 그런 곳에 내리면 분명히 '무언가'를 마주하게 되었다. 인적 없는 외진 곳에서도 내비게이션과 구글맵은 착실히 자신의 역할을 해주었다.

레이캬비크 근처에는 '골든 서클 Golden Circle'이라 불리는 지역이 있다. 싱벨리어 Þingvellir 국립공원, 게이시르 Geysir, 굴포스 Gullfoss로 이어지는 세 명소가 모두 근거리에 위치해 있어 단기간 머무는 여행자들이 빠짐없이 둘러보는 곳이다. 이동하다 보면 맨 처음 보이는 이정표가 싱벨리어 국립공원이었기에 우선 그쪽으로 향했다. 그즈음부

⌘ 표시로 관광지가 안내되어 있는 표지판

터 내 가슴은 쉴 새 없이 두근거리고 있었다. 우물쭈물 회의감을 느끼던 어제의 나는 대체 무슨 생각을 하고 있었던 걸까⋯⋯. 싱벨리어의 호수로 가는 길이 보이기에 또 차를 멈추고 호숫가 쪽으로 걸었다. 유리처럼 투명한 호수에 손을 담가보았다. 차갑고 맑은 물, 내 손끝이 닿은 곳부터 호수의 반대편 끝까지 내 떨림이 전해질 것만 같다. 왠지 자꾸 웃음이 나왔다. 나 말곤 아무도 없는 이 조용하고 거대한 호수 앞에서 나는 한참을 서서 웃었다. 즐겁지도 웃기지도 않았는데 자꾸 웃음이 나왔다. 주변에 누군가가 있었다면 나를 보고 미친 사람이라고 했을까? 아니, 그들도 나와 함께 웃었을 것이다.

오후 3시경이 되자 구름이 짙게 내려앉으며 주변이 어두워졌다. 싱벨리어를 나와(사실 자세히 보지 못해서 나중에 돌아와 다시 둘러보겠노라 생각했다. 결국 골든 서클은 아이슬란드 일주 뒤 다시 천천히 돌아보았다) 게이시르로 향했다. 간헐천을 의미하는 영어 단어 '가이저geyser'의 어원이 되기도 한 곳이다. 이 차가운 날씨에 게이시르의 땅밑에선 뜨거운 물이 끓어오른다. 덕분에 멀리서부터 공장 굴뚝 같은 수증기를 볼 수 있다. 지대 전체에서 유황 냄새가 진동하고 5~10분에 한 번씩 땅속에서부터 수십 미터 위로 물이 치솟아 오르기도 한다. 태어나서 처음 보는 광경에 말문이 막혔다. '왜?'라는 궁금증조차 감히 생기지 않을 정도로 신기했다.

게이시르를 다 둘러본 뒤 바로 근처에 있는 굴포스로 향하려는데 차가운 비가 쏟아졌다. 하늘이 한층 더 어두워졌다. 호텔을 예약한 비크라는 곳은 여기서 3시간 정도를 더 가야 하니 지금 출발해야 밤이 되기 전에 도착하겠군, 하는 생각에 굴포스를 뒤로하고 이동하기로 결심했다. 그러나 나의 예상은 보기 좋게 엇나갔다. 아이슬란드의 어둠은 내가 생각한 것보다 훨씬 빨리 찾아왔다. 오후 5시 즈음에 이미 거리는 어둑어둑해졌다. 때마침 연료가 한 칸 줄어들어 주유소를 찾아 헤맸다. 어딘지도 모르는 이곳에서 기름이 떨어지면 그야말로

사람이 없는 곳

조난을 당하게 된다. 주유소를 찾고(모든 주유소가 자판기 형태이다) 혼자 기름 넣는 법을 몰라 헤매느라 한참 시간을 허비했다.

어둠 속의 운전은 그야말로 공포 그 자체였는데 장대 같은 폭우에 가로등 하나 없이 헤드라이트에 반사되는 도로 가의 노란 막대, 그리고 내비게이션에만 의존해야 하는 길이었다. 건물도 마을도 없는 곳에선 그야말로 한 점 불빛 없는 칠흑 같은 어둠뿐이었다. 레이캬비크의 밤과도 완전히 달랐다. 내가 맞게 가고 있는 건지 수없이 혼자 되물으며 아무것도 보이지 않는 좁은 길을 달렸다. 바깥이 보이지 않으면 이곳이 아이슬란드인지 강원도 어딘가의 좁은 국도인지 알 게 뭐란 말인가. 주유소도 쉽게 나타나지 않는 도로가 계속 이어졌다. '여기 사람이나 문명 같은 게 있긴 해?'라는 생각이 들 정도였다.

불안 속에서 한참을 달린 끝에 가까스로 마을의 불빛이 나타났다. 이곳에서 불빛은 그야말로 안도의 표식이다. 비크는 도시가 아니라 말 그대로 집이 몇 채 옹기종기 모인 마을이었다. 비크를 조금 지나니 예약한 호텔의 이름이 쓰인 간판이 보였다(읽을 수가 없으니 나에겐 글자보다는 문양이라고 할 수 있다). '아 살았다'라는 기분으로 시계를 보니 고작 저녁 8시. 한창 활기찰 때라고! 괜히 억울한 기분이 들었다. 어둠 때문에 놓친 풍경을 내일 다시 거슬러 가기로 하고 호텔을 하루 연장했다. 싼 가격에 비해 꽤나 넓은 방이라 맘에 들었다.

이곳의 8시는 서울의 새벽이나 마찬가지였다. 식당도 거의 문을 닫았다. 비상시를 대비해 한국에서 챙겨 온 즉석 밥과 통조림, 마트에서 산 연어, 그리고 팩소주 하나로 저녁을 때웠다. 이 소중한 걸 벌써 따게 되다니……. 이 여행, 쉽지 않을 것 같다.

하지만 잘 준비를 하고 침대에 누워 눈을 감으니 오늘 본 풍경들이 아른거렸다. 내 망막이 한 번도 경험한 적 없었던 그 광활함이. ✳

함께 사진을 찍는 커플들의 환한 웃음이 햇살 속에서 반짝인다.
이곳의 사람들은 모두 웃고 있다.
사랑하는 사람들이 그리워진다.

세상의 모든 고독
아이슬란드

04

이곳의 사람들은
모두 웃고 있다

하루를 일찍 시작해야 한다.

　본격적인 여정이 시작되고 깨닫게 된 겨울 여행의 법칙이다. 지난 밤 너무 긴장하며 밤 운전을 한 탓에 아침까지도 굳은 어깨가 아팠지만 여명이 밝기 시작한 시간 즈음에 길을 나섰다. 평생 올빼미로 살아온 내가 이곳에서 처음으로 '햇빛의 소중함'을 깨닫는다. 뭐 여행이라는 게 결국 그런 거지만, 계획 자체가 없었기에 이곳에 하루 더 있는 일에도 조바심이 없었다. 지금까지 얼마나 많은 약속과 일정들 사이에서 살아왔던가. 그것이 낳은 부담감과 책임감 속에서 지내왔던가. 그냥 놓아버리자.

흐린 하늘에 조금씩 비가 오지만 어제보다는 좋은 날씨다(시간이 더 지난 후에 알게 되었지만 사실 하루에도 날씨가 몇 번씩 바뀐다). 그냥 어둠뿐이었던 어제와 달리 호텔 앞은 그야말로 절경이다. 드넓은 까만 자갈밭 너머 바다가 보인다. 높지 않은 산들은 모두 나무 한 그루 없이 들풀로만 이루어져 있어 묘한 느낌을 준다. 〈반지의 제왕〉 같은 영화에서 이런 풍경을 본 듯했다. 이렇게 아름다운 곳이 어둠에 가려져 있었다니!

서둘러 차에 올라 어젯밤 지나온 구간을 거슬러 달렸다. 간밤에 인터넷으로 검색한 몇몇 장소는 꼭 둘러보리라 마음먹었다.

해변을 낀 드넓은 평원을 지나 처음으로 도착한 곳은 스코가포스 Skógafoss였다(포스foss가 폭포를 의미한다는 걸 이제 눈치로 알 수 있다). 아이슬란드에는 유난히 폭포가 많았다. 며칠 뒤엔 산 정상에서 몇십 미터짜리 폭포가 쏟아지는 풍경이 멀리서 보여도 '아 또 폭포네'라고 지나칠 만큼 흔했다(물론 스코가포스는 손에 꼽힐 정도로 아름다운 곳이지만).

이른 시간임에도 여행자들이 제법 보인다. 주차장에 차를 세우고 내리자 힘찬 물소리가 들린다. 평원에 우뚝 솟은 두 개의 봉우리 사이로 넓고 굵은 물줄기가 쏟아져 내린다. 잔뜩 들떠서 카메라를 들고 다가갔다. 멀리서 본 것보다 더 크다. 폭포에서 이는 물보라가 주변까지

이른 아침의 스코가포스

퍼져 나가 옷과 얼굴에 분무기처럼 물을 뿌린다. 아름다움에 취해 얼마나 차가운지조차 가늠이 안 된다. 삼각대를 가져와 폭포를 찍는 사람들도 꽤 눈에 띄고, 개중엔 신중하게 위치를 잡고 카메라를 설치하는, 전문가의 기운을 풍기는 동양인 사진가도 보였다. 아마 하루 종일 이곳에서 폭포를 찍으려는 모양이었다. 이 폭포를 찍으러 여기까지 올 수 있는 그는 얼마나 행복한 사람일까.

오른쪽으로는 산의 정상에 올라 폭포의 시작점을 볼 수 있는 계단이 마련되어 있었다. 운동 부족인 내가 대체 무슨 생각이었는지 마치 무언가에 홀린 듯 정신없이 그 길을 따라 올랐다. 가파른 계단을 헐떡거리며 올라가다 보면 폭포 주변을 더 자세히 볼 수 있었다. 작은 동굴이 나오기도 하고 기암괴석들이 눈에 띄기도 했다. 맞은편엔 어떻게 이 높은 곳까지 올라왔는지 알 수 없는 양 몇 마리가 한가로이 풀을 뜯고 있었다. 낯설지만 왠지 모르게 정겨웠다. 세상 어딘가에선 시간이 이렇게 흐르기도 하는구나. 왠지 이곳이 같은 지구라는 게 얄밉게까지 느껴졌다.

다시 평원을 달려 검은 해변으로 향했다. 가는 길에 작은 교회가 있었다. 그곳에 멈추고 차에 실어둔 빵과 치즈, 탄산수로 식사를 했다. 하얀 건물에 빨간 지붕의 작은 교회는 마을이 있는 곳 어디서든 쉽게 발견됐다. 어린아이에게 '교회를 그려보렴' 하고 말하면 그릴 것 같은 바로 그런 모양을 하고 있었다(한국의 어린아이라면 다소 다를 수도 있겠지만). 교회 옆에는 작은 묘지가 나란히 있었다.

마을 사람들이 묻히는 곳일 테다. 소박하고 담담한 죽음, 그리고 그 이후가 여기에 기록된다. 묘지가 주는 스산함도, 왠지 모를 두려움도 이곳엔 없다. '죽음은 삶의 대극에 있는 것이 아니라 우리의 삶 속에 잠겨 있다'고 했던 하루키의 소설 한 조각이 떠올랐다. 한적한 길 중간에 덩그러니 놓인 조용한 교회와 평화로운 죽은 이들, 그리고 그 옆

에 지구 반대편에서 날아와 딱딱한 빵 조각을 씹고 있는 내가 있었다.

교회가 있는 고개를 내려오면 화산지형의 검은색 해변이 드넓게 펼쳐진다. 약간의 안개에 뒤덮여 더 신비해 보이는, 파도는 잘 뽑아낸 흑맥주처럼 유난히 하얀 거품을 일으킨다. 너희 같은 인간이 올 곳이 아니라는 듯, 강한 바람이 이방인을 경계하고 있다. 검은 모래 사장 때문인지 바다도 검은색으로 보인다. 길게 이어진 해변 끝 쪽엔 기계로 깎아낸 듯한 주상절리 동굴과 기이한 모양의 돌섬도 보인다. 정확한 각도와 균일한 폭의 조각이 이루어낸 거대한 석벽들은 너무

세상의 모든 고독
아이슬란드

도 정교하여 도무지 자연의 것이라고는 생각할 수 없었다. 바람 소리와 파도 소리가 가득함에도 조용하고 적막한 기분이 들었다.

〈블랙 스완Black Swan〉을 연출한 대런 아로노프스키Darren Aronofsky 감독의 영화 〈노아Noah〉에서 대홍수가 끝나고 인간들이 머무는 새로운 땅, 그 촬영지가 바로 이곳이다. 세상의 끝처럼 보이기도 하고, 세상의 시작처럼 보이기도 한다. 갑자기 하늘을 덮고 있던 구름이 갈라지고 햇살이 내리쬐기 시작했다. 아이슬란드에서 처음 보는, 눈이 부실 정도로 밝은 빛이다. 북쪽의 태양 아래서 바다는 하얗게 빛나고 검은 해변은 더욱더 검게 보인다. 발아래 극명한 흑백의 세계가 펼쳐지고 있다.

소란스럽지만 조용하다. 한없이 조용하다. 이 조용함은 아마 내 안에서 시작된 감정일 것이다. 온몸을 강타하는 차가운 바람 속에서도 내 마음은 침묵하고 있었다.

'아무 생각도 하지 않는다.'

너무도 많은 쓸데없는 생각을 머리에 이고 살던 나로서는 한없이 낯선 느낌이다. 과거에 대한 아쉬움과 후회, 미래에 대한 불안과 두려움, 관계의 기쁨과 아픔. 그 모든 것이 부질없이 사라져버리는 기분이었다. 이 체험을 글로 쓰게 되리라곤 전혀 생각지 못했던 그때. 이 풍경을 보고 있는 나의 감정을 누군가에게 어떻게 전달해야 할지 전혀 알 길이 없었다. 문자로도, 사진으로도, 영상으로도 이 비현실적인 순간을 온전히 남겨둘 방법이 없었다.

태양에 반짝이는 바다가 눈부셔 저절로 눈이 감긴다. 눈을 감고 상상하던 이상향의 풍경이 눈을 뜨면 고스란히 상상 그대로 펼쳐져 있다. 눈으로 보고 있으면서도 이게 현실의 풍경이라는 것을 믿을 수가 없었다. 그렇게 망설이고 망설이다 온 여행. 나는 어디에 와 있는 걸까. 이 모든 것이 꿈은 아닐까.

단 한마디의 메시지를 서울에 보냈다.

'여긴 미친 거 같아.'

햇살이 내리쬐는 아이슬란드를 조금 더 보고 싶은 마음에 다시 정처 없이 차를 돌렸다. 어딘가로 달리다 왔던 길을 다시 되돌아가는 일의 반복이었지만, 가는 방향과 오는 방향에서 보는 풍경이 다른 데다, 변화무쌍한 날씨가 경관의 색채를 바꿔주어 조금의 지루함도 느낄 수 없었다. 길을 달리는 것이 곧 여행이 된다.

하염없이 달리다 잠깐 쉬어 가려 다시 찾은 스코가포스는 햇빛 때문인지 선명한 무지개를 머금고 있었다. 관광객들도 적잖게 보이는 터라 아침에 보았을 때와는 또 다른 느낌의 화사함과 활력이 넘쳐나

고 있었다. 함께 사진을 찍는 커플들의 환한 웃음이 햇살 속에서 반
짝인다. 이곳의 사람들은 모두 웃고 있다. 사랑하는 사람들이 그리워
진다. 그 순간의 스코가포스는 내가 아이슬란드에서 체험한 가장 따
스하고 평화로운 순간이었다.

    오후 늦게 숙소를 향해 달리다 보니 왼편에 좁다란 비포장도로로
빠지는 이정표가 보였다. 도로라기보단 오랜 시간에 걸친 잦은 왕래
로 자연스럽게 생겨난 듯한 길이었다. 포장 안 된 그 길을 느릿느릿
30분가량 달려 도착한 곳은 미르달스예퀴들Mýrdalsjökull이라는 곳이

었다. 풀 한 포기 없는 황량한 검은색의 자갈밭이 펼쳐지고 작은 강에 검은빛의 얼음들이 떠 있었다.

먼저 도착한 버스에서 내린 듯한 10대 여학생들이 선생님의 인솔 하에 스키 같은 장비를 착용하고 있었다. 그렇다. 이곳은 빙하의 입구였다. 아이슬란드의 남쪽은 말 그대로 'Iceland', 얼음의 땅이고 크고 작은 빙하가 지도의 대부분을 차지하고 있다. 강을 따라 거슬러 올라가니 그야말로 '거대한' 얼음을 마주할 수 있었다. 생전 처음 보는 빙하의 모습에 잠시 말을 잃었다. 거대하다. 너무도 거대하지만 이것은 고작 바다로 흘러 내려가는 빙하의 끝자락에 불과하다. 보이지 않는 저 너머에 크기를 짐작할 수도 없는 얼음의 본체가 펼쳐져 있을 것이다. 그야말로 '요정의 영역'이다. 장비를 대여해 일음 위를 걷는 트레킹 체험을 할 수 있는 코스가 마련되어 있지만 혼자 온 내가 시도해 볼 엄두는 나지 않았다.

'왜 이런 게 있지?'라는 의문은 이날 이후 잠시 접어두기로 했다. 그냥 눈에 보이는 그대로를 받아들이자. 어떤 현상 때문에, 무슨 원리로, 언제부터 이렇게나 거대한 얼음의 땅이 이곳에 자리하고 있었는지 아마 나는 앞으로도 알지 못하고, 알고 싶어 하지도 않을 것이다. 나의 상식으로 이해하기에 이 대자연은 너무나도 복잡한 우주였다. 몇십 분 정도 더 언덕을 오르며 빙하의 옆을 걸었다. 검은색의 화

거대한 빙하가 차지하고 있는 땅 미르달스예퀴들

산재와 흰색의 얼음, 검은 해변을 보았을 때와 마찬가지로 초현실적 풍경이다.

흐린 하늘 아래에 놓인 거대한 빙하는 우울해 보였다. 고고하게 자신을 지켜왔지만 그로 인해 스스로를 고립시키고 외로워져 버린 노인을 만나는 기분이었다. 그런 이들이 지닌 처연함과 쓸쓸함이 그 풍경에 있었다. 영겁의 시간을 묵묵히 흘려보내며 조금씩 조금씩 퇴적된 하얀 고독이 얼어붙은 장소였다. 흐린 하늘 아래 낮은 채도의 풍경은 사진으로는 전할 수 없는 아련한 슬픔을 머금고 있었다.

밤이 찾아와 몇 안 되는 사람들마저 모두 떠나버리고 난 뒤의 이곳은 어떤 모습일까. 완벽한 어둠 속에 숨어버린 그의 고독을, 무한의 시간을 견뎌왔고 또 견디어가야 하는 그의 외로움을 나는 아마 영원히 헤아릴 수 없을 것이다.

천천히 해가 지고 있었다. 하얀 빙하가 회색빛을 띠기 시작했고 나는 귀가를 서둘렀다. 다시 비크로 돌아오자 하나둘씩 켜지기 시작하는 마을의 불빛이 날 반긴다. 사람이 사는 곳. 비록 나를 아는, 내가 아는 사람이 단 한 명도 없더라도 사람이 사는 마을에 들어온 것만으로도 왠지 위안이 된다. 나도 모르게 "아 집에 왔다"라며 혼잣말을 내뱉었다.

어젯밤 그렇게도 조용했던 숙소가 웬일인지 시끌벅적했다. 주차장엔 큰 버스 두 대. 아. 오후에 빙하로 가는 길에 본 그 수학여행(내 멋대로의 생각이다) 버스구나. 야외 온천에 들어가 보려던 나의 계획은 수포로 돌아갔다. 나무로 된 가림막 안쪽 온천에서는 소녀들의 수다와 함성이 흘러넘친다. 물론 수영복을 입고 들어가는 남녀 공용의 온천이지만 나에게 거기 들어갈 용기 따위가 있을 리 없다.

호텔 식당에 들어가 자리를 잡고 닭고기 수프와 감자와 청어를 구워낸 요리를 주문했다. 섬나라답게 어디를 가든 신선한 해산물이 있다. 대서양의 선물로 조용한 저녁을 즐기자.

그러나 이 역시 쉽지 않았다. 온천욕을 마친 여학생들이(다시 보니 운동선수들 같기도 하다) 우르르 식당으로 쏟아져 들어와 정적을 깨뜨렸기 때문이다. 인솔 교사의 통제가 무의미할 정도로 시끄럽다. 강렬한 영국 악센트의 영어가 넓은 레스토랑 안을 가득 메운다. 역시 세계 어디를 가도 10대들은 거칠 것 없이 에너지가 넘친다. 정신이 아득해져 서둘러 음식을 입에 넣었다. 혼자 앉은 이방인을 신기하게 바라보는 그들의 표정을 견디기 힘들었기 때문이다.

밤이 되니 차가운 바람과 함께 비가 흩날린다. 식사를 마치고 나와 숙소가 있는 동으로 돌아가는 길이 너무나도 춥다. 식당 안에서 여전히 신나게 떠들고 있는 아이들의 표정은 창밖으로 스미는 노란 전구 불빛처럼 밝고 따스하다. 누군가에겐 평생의 버킷 리스트이기도 한 이곳이 누군가에겐 대수롭지 않은 단체 여행지가 되기도 하는 거겠지.

그런 생각을 하니 왠지 약간 처량한 기분이 되었다. ❋

이곳엔 너무도 많은 것들이 있다.
아무것도 없는 곳이라 생각했고,
또 그것을 원해서 왔지만,
이곳에는 내가 생각지 못했던,
아니 그전엔 돌아보려고조차 하지 않았던 많은 것들이 있었다.

세상의 모든 고독
아이슬란드

05

얼음의 호수에
버리고 온 것들

동쪽으로 향한다. 아직 완전히 해가 떠오르지는 않은 아침, 일찌감치 짐을 챙겨 호텔을 나섰다. 현관 앞에서 아침을 맞이하며 담배를 피우고 있던 여인이 눈인사를 건넨다. 흐리지만 그래도 비교적 좋은 날씨다. 어쩌면 오늘은 태양을 볼 수도 있을 것 같다. 체크아웃을 하고 아침 식사를 한 뒤, 갈까 말까를 고민하며 서성대고 있었는데 나란히 주차된 차 옆에 서 있던 노신사가 웃으며 내게 말했다.

"남자는 언제나 기다리지."

동의하듯 씨익 웃어주었다. 하지만 아니에요. 나는 아무도 기다리지 않아요. 나는 혼자입니다.

세상의 모든 고독
아이슬란드

그러고 보니 이곳의 여행자들은 유독 커플이 많았다. 물론 거대한 바퀴를 단 트럭에 캠핑카를 끌고 다니는 혈기왕성한 남자 그룹도 있었지만 거의 대부분은 커플, 그것도 나이 지긋한 부부들이 자주 눈에 띄었다. 아직 내가 경험하지 못한 사연과 경험을 담은 그들의 주름과 미소는 아이슬란드의 공기와 닮아 있다는 생각이 들었다. 화창하고 눈부신 시기를 지나 얻은 침착하고 차분하면서도 서늘한 아름다움을 갖춘 인생의 깊이가, 긴 시간 헤쳐지지 않고 고요히 지속되어온 이곳의 풍경에 가깝게 닿아 있었다. 그리고 숙소가 있는 마을에서, 주유소에서 가끔씩 그 반가운 모습들을 마주칠 수 있었다.

오늘도 여전히 사람이 보이지 않는 기나긴 길의 여정이다. 동쪽으로 뻗은 길은 용암이 굳어 생긴 것으로 보이는 수많은 동글동글한 바위의 땅이었다. 그 바위들은 처음 보는 두꺼운 이끼로 가득 뒤덮여 생경한 모습을 하고 있었다. 차가운 아침 공기 속 햇살을 받으며 반짝이는 광대한 지평선에 취해 수차례 차를 멈추고 주변을 둘러보았다. 이끼 지대 너머엔 검은 해변과 안개에 뒤덮인 바다가 있고 반대편 안쪽의 눈 덮인 산들 뒤론 감히 크기를 짐작할 수도 없는 얼음의 평원이 펼쳐져 있다. 조금 더 길을 지나니 이번엔 드넓은 초원에 양 떼들이 거닌다.

눈 덮인 산과 연초록의 이끼, 푸른 초원, 그리고 얼음이 한눈에 다 들어오는 이 이상한 현실 속에서 나 역시 그리움이, 행복과 슬픔이, 웃음과 눈물이, 회한과 환희가 함께하는 사람이 되어 멍하게 길 위에 서 있었다. '이상하다'라는 말은 점점 더 그 의미를 잃어간다.

심장이 요동쳤다. 나는 참지 못하고 미친 사람처럼 소리를 질러보고 여기저기 뛰어다녔다. 어디에도 전해지지 않을 외침. 보드라운 이끼로 가득한 땅 위에 조용히 누워본다. 바닥의 냉기가 옷을 뚫고 스며들지만 상관하지 않는다. 고요하다. 너무도 고요하다. 나의 거친 숨소리만이 들려오는 땅에 기대어 나는 점점 작아져 결국은 먼지가 된다. '대자연 앞의 인간은 한없이 무력하다'라는 오래된 자연 다큐멘터리에나 나올 법한 낡아빠진 문장에 단 한 번도 동의해본 적 없는 나였지만 이 풍경 앞에서는 고개를 끄덕일 수밖에 없다. 인간은 이 자연 앞에서 철저히 부자연스러운 사물이다. 완벽하게 그려진 그림에 묻어 있는 얼룩 같은 것이다. 혼자라는 감정을 넘어서는 원초적인 고독. 이 낯선 세상과 나 하나만 대면하고 있는 듯한 이 기막힌 조우.

세상의 모든 고독
아이슬란드

그곳에서 얼마만큼의 시간을 보냈는지 기억이 잘 나지 않는다. 추위도 잊은 채 멍하니 단 하나의 풍경을 바라보고 있다가 자리를 털고 일어났다. 오늘 가보려고 하는 요쿨살론Jökulsárlón이 멀지 않은 곳에 있기 때문이다. 1년 내내 빙하가 떠다닌다는 호수. 인터넷에서 아이슬란드를 검색해보면 사진들마다 빠지지 않고 등장하는 명소이기도 하다. 하지만 무엇보다 이곳을 꼭 가봐야겠다고 생각한 것은 어딘가에서 읽은 글 때문이었다.

'여기서 보트 투어를 하면 호수에서 건져 올린 빙하 조각으로 온더록스를 마실 수 있다.'

이 한마디에 암스테르담 공항 면세점에서 작은 코냑까지 한 병 사들고 온 나다. 차에 고이 모셔둔 그 녀석을 드디어 개봉할 날이 온 것이다. '빙하를 띄운 술'이라니 이것이야말로 세상에서 가장 호사스러운 한잔이 아닌가! 벌써부터 기대에 부푼다. 이곳이 아니라면 아마죽을 때까지 경험해보지 못할 일이다.

다시 차를 움직인 지 오래지 않아 까만 모래와 얼음들로 이루어진 해변이 보인다. 몇몇의 차와 사람들이 모여 있다. 이 맞은편이 바로 요쿨살론. 유명 관광지여서 그런지 제법 많은 사람들을 볼 수 있어 반가웠다. 관광지라고 해도 건물이라고는 작은 기념품 가게 겸 카페가 전부일 뿐 사람의 인위적인 가공이 가해진 시설은 찾아볼 수 없

다. 아름다운 곳은 원래의 풍경 그대로 놔두고 사람이 오가기 편하게 최소한의 배려만 해두는 것이 이곳 사람들의 방식이다. 모든 것을 원래의 모습으로 유지한다. 그 어떤 방법을 동원해도 원래보다 더 아름다운 모습으로 만들 수 없다는 것을 그들은 알고 있는 듯했다.

요쿨살론은 생각했던 것보다 훨씬 더 거대한 호수였다. 저 멀리 호수가 시작되는 곳은 하얀 빙하가 천연의 댐인 양 길게 늘어서 있다. 그곳에서 떨어져 나온 수천 년 된 얼음들이 빙산이 되어 호수 위를 떠돈다. 세상 어디에서도 본 적이 없는 얼음 호수의 위용에 멍하니 말을 잃었다. 긴 시간 바람과 태양에 깎여 기묘한 형상을 하고 있는 얼음들은 어떤 것은 투명하고 어떤 것은 하늘처럼 수정빛을 띠고 있다. 화산재로 인한 검은 얼룩이 함께 엉겨 붙어 있는 얼음들은 수년 전 화산 폭발이 남기고 간 것이리라. 뒤집혀 있는 빙하의 투명함은 말로 형용할 수 없을 정도로 신비하다. 이 얼음들은 천천히 호수를 지나 맞은편 바다의 해변에 도달한 뒤, 파도를 맞으며 점차 바다로 녹아들어 그 생을 마감하게 된다.

가만히 멈추어 있는 듯, 사실은 아주 천천히 떠다니고 있는 거대한 얼음의 호수가 어쩌면 가장 아이슬란드다운 풍경일지도 모르겠다. 이곳의 사람들을, 날씨를, 공기를 닮았다. 아니 무엇보다 이곳의 음악을 닮았다. 긴 호흡을 두고 느리게 시작하여 평화롭고 신비한 무드를 만들다가 이내 거대한 소리의 홍수를 이끌어내는.

　신비함으로 가득한 아이슬란드 음악은 확실히 이 땅의 영향이다. 이 나라 자체가 그 수많은 감성적인 음악들의 자양분이 되고 있었던 것이다. 내 눈앞에 펼쳐지는 모든 풍경은 아이슬란드 음악의 완벽한 뮤직 비디오다. 무슨 가사인지 전혀 알아들을 수 없는 곡이라도 무엇을 노래하는지 알 수 있다. 뚜렷한 형태 없이 부유하는 소리의 입자들은 이 새파란 호수와 차가운 바람 속에서 함께 어울려 떠다닌다. 길고 지루한 진행이라 생각했던 몇몇 노래들이 이곳에선 너무나 당연하게, 심지어 짧게 느껴질 정도로 흘러간다. 이곳의 공기 속에 비요크의 반짝거림이, 시규어 로스의 숭고함이, 올라퍼 아르날즈Ólafur Arnalds의 서정이 모두 한데 어울려 숨 쉬고 있다.

　호수 끝까지 가볼 수 있단 말에 조금 더 비싼 조디악Zodiac 투어 티켓을 샀다. 어마어마한 두께의 방한복을 입고 고무보트에 올랐다. 신청자가 많지 않은지 내가 탄 보트에는 눈썹까지 밝은 금색으로 물들인 운전사 겸 가이드를 제외하고는 동양인 커플 한 쌍밖에 없었다. 가볍게 어색한 인사를 나누고 한 시간 동안 요쿨살론 전체를 한 바퀴 돌았다. 칼바람에 정신을 차리지 못할 정도였지만 손에 닿을 듯한 거리에서 바라보는 보석 같은 얼음의 아름다움은 말문을 막히게 했다.

　이곳엔 너무도 많은 것들이 있다.

　아무것도 없는 곳이라고 생각했고, 또 그것을 원해서 왔지만, 이곳에는 내가 생각지 못했던, 아니 그전엔 돌아보려고조차 하지 않았던 많은 것들이 있었다.

　그간 욕심내어 가지려고, 지키려고 했던 많은 것들이 사실 어쩌면 모두 부질없는 것은 아니었을까. 본질적인 아름다움. 내가 살아온 시간과 공간의 곳곳에 숨겨져 있던 아름다운 것들을 그냥 대수롭지 않게 지나쳐온 것은 아니었을까. 차가운 바람이 내 머리를, 가슴속을 비워내고 있었다. 영원히 녹지 않을 것 같은 호수 가득한 얼음들이 되레 나를 녹여내고 있었다. 보트 위에선 차가운 바람 소리만이 들려왔다. 하늘과 날씨와 위도와 영겁의 시간이 만들어낸 슬픈 아름다움 앞에서 나는 모든 언어를 잃었다. 나도 모르게 눈물이 흘렀다.

따스함과 시련을 들춰내고, 비집고 들어가려다

결국은 굳게 잠긴 자물쇠를 보았죠. 모든 것이 무위로 돌아갔어요.

어떤 계획을 세워야 할지 무엇을 해야 할지도 모르겠어요.

— 욘시(Jónsi), 〈Hengilás〉

빙하를 넣은 코냑 따위 새까맣게 잊어버렸다.

보트에서 내려 호수 앞에 멍하니 한참을 앉아 있다가 문득 생각이 나서 호숫가의 투명한 빙하 조각을 주워 온더록스를 만들고 한 모금 마셨다. 얼어붙은 몸이 조금 녹았지만 왠지 모르게 먹먹하고 슬픈 맛이었다. ❄

허겁지겁 방으로 들어가
있는 대로 옷을 다 껴입고 카메라를 들고 나왔다.
지금 식사 따위가 문제가 아니다.
숨이 절로 가빠지고 두근거림이 커졌다.
저 희미한 빛이 곧 이쪽으로 다가올 것이다.

세상의 모든 고독
아이슬란드

06

오로라는
기대하지 않을 때 나타난다

짧은 하루였다. 여러 곳을 둘러보지도 못하고 어둠이 찾아왔다. 오래
도록 발을 붙잡는 곳이 많았던 탓이다. 빙하의 땅이 끝나는 지점에
있는 회픈^{Höfn}이라는 마을 부근의 숙소에 도착했다. 인상 좋고 친절
한 할머니가 혼자 운영하는 게스트하우스는 헛간을 개조해 허름해
보이는 겉모습과는 달리 실내는 모던하고 깔끔했다. 따뜻한 샤워로
얼어붙은 몸을 녹이고 숙소 주변을 돌아보러 나왔을 때 차에서 내리
는 익숙한 얼굴과 마주쳤다. 낮에 요쿨살론에서 보트를 같이 탔던 커
플이다. 보트 안에서 한마디도 나누지 않았던 낯가리는 동양인인 우
리가 그렇게 서로 반가워한 것은 어떤 마음이었을까. 사람의 존재 자

체가 그리운 이곳에서는 이런 인연도 소중하고 각별하다. 웃으며 인
사를 건넸다.

"안녕. 너 한국에서 왔지?"

남자가 건넨 첫마디였다. 어떻게 알았느냐고 묻자 자기는 싱가포
르 사람인데 한국에 여러 번 가본 적이 있어서 한국 사람을 알아볼
수 있다고 한다. 여자친구와 함께 북유럽 여행 중이고 노르웨이를 거
쳐 아이슬란드에 왔다는 그는 확실히 나보다 더 이 여행에 익숙해
보였다. 등산복 차림에 커다란 카메라와 삼각대, 험난한 길을 헤쳐나
온 듯한 진흙투성이의 SUV가 그것을 증명하고 있었다. 언제 왔는지,

어디가 가장 좋았는지 등등의 대화를 나누었다. 생각해보니 누군가와 이 정도의 대화를 나누는 것도 오랜만이다. 긴 시간 압도적인 경관에 도취되어 사람 사이의 일 같은 건 잠시 잊어버렸었다. 아, 그러고 보니 또 아무것도 먹지 않았다. 다시 차에 올라 시내로 향했다.

1,600여 명 정도가 살고 있는 작은 항구 도시. 정박된 배들 사이로 부는 바람이 너무도 강해 차에서 내리기가 두려울 정도였다. 미리 검색해두었던 식당을 찾아 헤맸지만 거의 모두 문이 닫혀 있었다. 왜인지는 모르겠지만 봄까지 영업을 하지 않는다고 써 붙인 곳도 있다. 내키는 음식도 없어 결국 다시 작은 마트에 들러 요리를 하지 않아도 되는 음식들을 구입했다. 슬라이스된 훈제 연어와 빵이 슬슬 지겨워지고 있었지만 대체로 형편없던 이곳 음식의 맛을 생각하면 되레 그쪽이 더 나을지도 모른다. 전혀 귀엽지 않게 생긴 분홍색 돼지가 마스코트인 보뉘스Bónus라는 체인이 가장 많은 슈퍼마켓이라고 들었는데 정작 수도 이외의 지역에선 네토Netto라는 슈퍼가 눈에 더 자주 띄었다. 마트 자체는 한국과 크게 다르지 않은 분위기였기에 매번 장을 보러 갈 때마다 마음이 편해졌다(물가는 전혀 편하지 않았지만).

아이슬란드는 마트에서 술을 살 수 없다. 현지인들도 무시하는 도수 5도 이하의 가벼운 맥주만을 판매할 뿐이다. 나머지는 정부에서 관리하는 주류점이나 호텔 바에서 사거나, 아니면 술집에 가야만 한

항구도시 회픈

다. 어두워지자 역시나 한잔 생각이 간절해진 나는 게스트하우스로
돌아와 굴Gull 맥주를 사고 전자레인지도 얻어 쓸 겸 주인 할머니를
찾았다. 숙박객들의 아침 식사를 미리 준비하고 있던 그녀는 여행객
인 듯한 중년 부인과 이야기를 나누고 있었는데, 전자레인지를 쓰고
싶다는 나의 말을 잘 못 알아듣는 것 같았다. 결국 옆에 있던 아주머
니에게 도움을 청했다.

"마이크로웨이브microwave를 여기선 뭐라고 부르나요?"

세상의 모든 고독
아이슬란드

그녀는 대답했다.

"나도 잘 몰라. 나도 여기 사람이 아니니까. 난 런던에서 왔어."

영국인인 그녀는 아이슬란드에 혼자 온 동양인인 나를 꽤 신기하게 생각했는지 도움을 주었고 이것저것 물어보았다. 주인 할머니와 나누던 수다가 나에게로 옮겨왔다. 서툰 영어 때문에 진땀이 날 지경이었다.

"……아 그러니까 혼자서 3주 동안 아이슬란드만 여행한다는 거지? 참 멀리서도 왔다……. 난 서울에 가본 적 없는데……. 그나저나 날씨 앱에서 봤는데 오늘 밤은 하늘이 맑대. 어쩌면 Northern Lights를 볼 수도 있어. 물론 운이 좋아야겠지만(주절주절)."

"Northern Lights? 아! 오로라?! 정말 그걸 볼 수 있다면 오늘은 내 인생 최고의 날이 될 거예요."

그녀에게 인사를 하고 숙소로 들어왔다. 저녁 8시가 되어서야 맞이하는 오늘의 처음이자 마지막 식사. 침묵이 싫어 알아듣지 못할 텔레비전을 틀어놓고 식사를 하고 있는데 누군가가 문을 두드렸다.

"Juno! 빨리 나와봐. 빨리!!"

조금 전의 그녀였다. 밖으로 나와보니 싱가포르 친구들도 있었다. 그들은 서둘러 커다란 카메라를 삼각대에 고정했다. 영국인 아주머니가 하늘을 가리키며 말했다.

"저기, 저 끝 쪽에 초록색 빛 보여? 저 친구들이 그러는데 저 빛이 Northern Lights의 시작이래! 아까 우리가 말했던 게 정말 이루어졌어!"

카메라를 조작하던 싱가포르 남자도 말했다.

"노르웨이에서도 저걸 봤었어. 저기서 곧 우리 쪽으로 퍼져 올 거야. 저건 오로라의 꼬리야."

허겁지겁 방으로 들어가 있는 대로 옷을 다 껴입고 카메라를 들고 나왔다. 지금 식사 따위가 문제가 아니다. 숨이 절로 가빠지고 두근거림이 커졌다. 저 희미한 빛이 곧 이쪽으로 다가올 것이다. 이곳에 올 때도 사실 기대하지 않았던 오로라다. 다들 쉽게 볼 수 있는 것이 아니라고들 하기에 괜한 기대를 했다가 실망만 하고 싶지 않았다. 그런데 이렇게 갑자기 나타나는 오로라라니! 숙소 주변엔 다른 건물 하나 없이 황무지가 펼쳐져 있어 하늘도 다른 곳보다 훨씬 더 넓게 보인다. 별들이 쏟아져 내릴 것만 같다. 숙소에 있던 다른 이들도 하나둘씩 나와 숨을 죽이고 하늘을 지켜보며 '그'를 기다리기 시작했다.

그렇게 나는 오로라를 보았다.

한순간 별들이 빛을 잃는 것 같더니 초록색의 빛이 천천히 거대한 아치를 그리며 우리를 향해 길게 쭉 뻗어 와 이윽고 밤하늘에 빛의 다리를 놓았다. 사람들이 어린아이처럼 환호하기 시작했다(살면서 이

밤하늘에 놓인 빛의 다리, 오로라

광경을 수십 번 보았을 주인 할머니만이 따뜻한 실내에 있었을 것이다). 한없이 얇은 실크가 바람에 흔들리듯 넘실거리는 빛의 협곡, 오로라. 카메라를 긴 노출로 찍으면 실제보다 조금 더 밝게 나오는 그 빛을 잡기 위해 연신 셔터를 눌러댔다. 역시나 노련한 싱가포르 커플처럼 오로라를 제대로 잡으려면 삼각대가 필수였나 보다. 어떻게 해도 흔들린 사진만 나왔을 뿐이지만 그런 건 아무래도 좋았다. 어차피 내가 아이슬란드에서 본 모든 풍경들은 사진에 담을 수 있는 종류의 것이 아니었다. 내가 당시의 기분을 글로 다 옮길 수 없는 이유와 같을 것이다. 뼛속까지 스며드는 한기도 이 흥분을 잠재우기엔 역부족이었다. 목이 뻣뻣해질 때까지 하늘에 시선을 고정하고 그 믿을 수 없는 광경을 두 눈에, 그리고 마음에 채워 넣었다. 아들과 함께 런던에서 온 아주머니, 연인끼리 싱가포르에서 온 젊은 커플, 그리고 한국에서 혼자 온 어리바리한 여행자는 마치 오랜 친구들처럼 서로를 향해 환하게 웃으며 즐거워했다. 서로가 찍은 사진을 보여주고 얼음장 같은 땅 위를 뛰어다니기도 했다. 이방인들의 작은 축제. 초록색 빛의 파티다.

아이슬란드에 온 후 처음으로 사람들의 얼굴을 마주 보며 웃었던 날이다. 사랑하는 사람과 이 시간을 함께할 수 있는 이들은 얼마나 행복할까. 오로라 사이에서 밝게 반짝이며 연달아 떨어지던 유성우를 나도 누군가와 나눌 수 있었다면 얼마나 좋았을까.

결국 우리는 그 칼바람 속에서 오로라를 안주 삼아 맥주 파티를 열었다. 서로 얼마나 알아들었을지는 알 수 없지만 많은 이야기를 나누었고 많이 웃었다. 그렇게 춥고 외따로 떨어졌지만 지구에서 가장 아름다운 곳을 선택한 우리를, 그리고 서로의 여행을 진심으로 응원했다.

벅찬 가슴을 안고 방에 들어와 다시 혼자가 되었다. 누군가와 함께 있다가 혼자가 되면, 그리고 그 시간이 즐겁고 행복했다면 더더욱 사람은 외로워진다. 태어나서 처음 본, 그리고 언제 다시 보게 될지 모를 오로라의 감동이 나의 고독에 침식되지 않도록 애써 잠을 청했다.   ✳

일상에서의 고독도, 군중 속에서의 고독도
모두 저마다의 무게를 지니고 있다고는 하지만
이렇게까지 피부에 맞닿는
절대적인 고독감을 느낀 것은 처음이었다.

세상의 모든 고독
아이슬란드

07

넌 지금
어디에 있는지

여행 내내 '다시 못 볼 수도 있다'라는 마음이 들었기 때문이었을까. 어둑어둑할 때 본 곳은 이튿날 해가 떴을 때 꼭 다시 둘러보는 버릇이 생겼다. 물론 길고 긴 이동을 반복하는 이 여행에서 시간의 변화에 따른 모든 풍경을 지켜본다는 것은 불가능한 일임을 알지만 그럼에도 구석구석 먼지를 닦듯 이곳의 모습을 꼼꼼히 담아두고 싶었다. 친절하고 따뜻했던 게스트하우스의 사람들과 손을 흔들며 이별하고 동쪽으로 향했다.

차를 타고 아이슬란드를 한 바퀴 도는 링로드 투어는 매일매일이 이별하는 일과 같았는지도 모른다. 어제의 풍경과, 바람과, 몇 안 되는 만남들과 끊임없이 작별을 고해야 한다. 이곳은 영원히 존재하는 곳이지만 나의 시간은 한정되어 있고, 되돌아가고 싶어도 겨울의 짧은 해는 나의 망설임을 허락하지 않는다. 그저 하루 종일 음악을 들으며 어두워지기 전에 다음 숙소를 향해 달리는 여행. 차창의 풍경과 나 자신에만 집중하는 여행이다. 목적지까지 달려가는 길 위에선 또 새로운 아름다움들이 펼쳐지겠지만 그것은 어제와는 다르다. 나는 이미 어제와 이별했으며 그는 다시 돌아오지 않는다.

빙하의 대지가 끝나는 동쪽엔 기나긴 피오르 지형이 펼쳐져 있다. 오직 북쪽에서만 볼 수 있는 빙하의 침식곡. 지도로도 확연히 드러날 만큼 U자의 굴곡이 마치 버드나무처럼 서쪽 지대를 수놓고 있다. 많은 여행자들이 아이슬란드 최고의 절경으로 꼽는다는 우아한 협만을 따라 차를 타고 구불구불 달린다.

육지와 육지 사이로 바다가 들어와 있기 때문에 이동하는 내내 끊임없이 바다를 볼 수 있다. 바다 건너편엔 수평선이 아닌 또 다른 육지가 보이는 생경한 모습. 깊은 수심 탓인지 검푸른빛을 띤 바다는 무언가 불길하고 서늘한 느낌을 전한다. 바람이 극심하게 몰아치는 탓에 운전대가 가끔씩 멋대로 돌아가는 데다가 길의 바깥은 낭떠러지다. 운전대를 쥔 손에 절로 힘이 들어간다. 하지만 기품이 느껴지는 고고한 바다와 그 너머의 눈 덮인 산맥, 지속된 침식으로 모래같

동부의 피오르 해안 도로

세상의 모든 고독
아이슬란드

이 고운 회갈색 흙이 쏟아져 내릴 듯 깎인 산등성이는 역시 나를 계속 멈춰 서게 한다. 여전히 자동차 문이 잘 열리지 않을 강도의 바람이 불어 몸이 휘청댈 정도였지만, 요정의 노래에 홀린 듯이 나는 바깥으로 나와 두 팔을 벌려 이 세계를 안아보았다. 차가운 바람이 몸 전체를 씻어냈다. 긴 여정으로 더러워진 차는 강풍에 씻겨 새 차인 양 반짝인다.

사람은커녕 맞은편에서 달려오는 다른 차도 쉬이 마주치기 힘든 길을 한참 달리다 보면 가끔 나타나는 작은 마을이 더 반갑고 정겹게 느껴진다. 마을에 있는 주유소는 여행자들의 소중한 식당이자 상점이고 따스한 커피 한잔의 휴식을 즐길 수 있는 소중한 휴게소가 되어준다. 북동쪽으로 올라가는 길에 만난 마을은 추운 날씨 때문인지 거리에 나와 있는 사람이 하나도 없었지만, 잔디 지붕을 인 집이나 재치 있는 그림들이 그려진 집들이 곳곳에 아기자기하게 자리 잡은 예쁜 마을이었다. 파란 하늘 아래에서 기분도 덩달아 가벼워졌다.

오늘 머무르려는 곳은 에일스타디르 Egilsstaðir 마을. 내비게이션은 해안도로가 아닌 내륙으로 나를 이끌었다. '이 길이 맞나?' 싶었지만 이전에도 몇 번 헤맨 적이 있으니 일단 순순히 따르기로 했다. 조금씩 오르막길이 나타났다. 지금까지 풍경으로만 존재하던 산을 이번엔 차로 올라보게 되는 건가? 묘한 기대와 함께 긴장감이 느껴지기 시작했다.

차는 점점 좁은 산길로 움직였고 어느덧 나는 산의 한복판에 놓여 있었다. 멀리서 하얀 자태를 뽐내던 그 산들이 지금 내 바로 옆에 펼쳐져 있다. 풀 한 포기 없이 가파르게 깎여 나간 바위산이 하얀 눈에 물들어 외계에 와 있는 듯한 착각에 빠지게 한다. 하늘은 점점 더 흐려지며 눈발이 날리기 시작했다. 아직 11월도 되지 않았는데……. 올해 첫눈을 아이슬란드에서 보게 되는구나. 아까만 해도 분명히 파란 하늘이었는데 한 시간도 안 되어 날씨가 급격히 바뀌니 조금 당황스러웠다. 물론 렌터카에는 스파이크까지 박혀 있는 윈터 타이어가 딸려 있긴 하지만 그래도 역시 눈 내리는 산을 작은 차로 오르는 것은 위험한 일이다. 아주 천천히 조심스럽게 즈려밟듯 산을 올랐다. 눈이 오는 와중에도 하늘 저편은 여전히 화창하게 개어 있고 하얀 산을 타고 내려오는 계곡물은 그 햇빛 때문인지 검푸르게 반짝거린다.

산을 오르면 오를수록 눈발이 점점 거세졌다. 이렇게나 높은 산이었나? 몰아치는 바람은 이내 눈보라를 일으켜 차창 밖이 하얗게 뒤덮였다. 한 치 앞이 보이지 않는다. 공포가 밀려왔다. 비상등을 켜고 애써 침착하게 내비게이션만을 보며 엉금엉금 기어올랐지만 이런 상황에서 운전이 쉬울 리 없다. 차는 계속 미끄러지고 경사는 가팔라지며 시야는 더욱 나빠졌다. 결국 하얀 눈 속 어딘가에서 차를 멈춰 세우고 말았다. 블리자드^{blizard}(강한 눈보라를 동반한 강풍)를 실제로 겪는 건 난생처음이었다.

긴장으로 굳어진 몸을 풀기 위해 차에서 내리니 강풍 속에서 종아리까지 눈이 차오른다. 이건 아무래도 지금 내리는 눈으로 인한 게 아니라 1년에 반 이상 이 상태로 쌓여 있던 눈일 터다. 길에 푹 파여 있던 바큇자국을 따라 용케 여기까지 올라오긴 했지만 이런 눈밭에서 차가 움직인다는 게 신기할 정도다. 별 생각이 다 들었다. 조수석 앞에 비상구조 번호가 있던데 거기로 전화하면 누군가가 나를 찾아 이곳까지 올 수 있을까? 아니 그보다 여기 전화는 되는 걸까? 여기서 조난당하면 왠지 내년 봄이나 되어야 발견될 것 같은데……. 이역만리에서 이렇게 생을 마감하는구나…… 등등.

서울에서 '외롭다. 쓸쓸하구나'라고 입버릇처럼 말하던 지난 시절들이 부끄럽게 느껴질 정도였다. 일상에서의 고독도, 군중 속에서의 고독도 모두 저마다의 무게를 지니고 있다고는 하지만 이렇게까지 피부에 맞닿는 절대적인 고독감을 느낀 것은 처음이었다. 드넓고 하얗고 서늘한 눈의 풍경은 물론 아름다웠지만 그곳에 혼자 고립된 나는 우주 한가운데 홀로 버려진 듯한 기분이었다. 성역에 발을 디딘 죄로 벌이라도 받고 있는 것 같았다. 고독감이 때론 공포가 되기도 하는구나. 수많은 상념들이 머리를 스쳐 지나갔다.

'나는 지금 어디에 있는가'

얼마만큼의 시간이 지났을까. 눈보라가 잠시 잠잠해졌다. 커다란 바퀴를 단 검은색 트럭이 올라오다가 나를 발견하고 차에 이상이 있는지 묻더니 자기 뒤를 천천히 따라오라고 했다. 이 길에 익숙해 보이는 이 아저씨는 이런 날씨쯤 대수롭지 않다는 듯 태연했다. 현지인만이 가질 수 있는 여유일 것이다. 앞 트럭이 남겨주는 커다란 바퀴 자국을 따라 밟으며 몇십 분을 더 올라 결국 산을 넘는 데 성공했다. 평지로 이어지는 내리막길이 나타나자 안도감에 눈물이 다 날 지경이었다. 산길의 끝에 이르자 트럭을 타고 온 도로 관리인 두 명이 길

에 바리케이드를 치기 시작했다. 아이슬란드의 북부는 눈이 오면 이런 식으로 통제되는 길들이 많다고 했다. 넘어와선 안 되는 길을 넘어온 셈이다. 산을 넘어 도착한 곳은 온통 하얗게 눈에 뒤덮여 있었다. 산 반대편과는 180도 다른 눈의 세상이 펼쳐져 있다.

우여곡절 끝에 에일스타디르에 도착한 후 서울의 보고 싶은 사람들에게 전화를 걸었다. '야, 나 눈보라 속에서 정말 죽다 살았어!'라고 말해도 그들은 내가 겪은 일들을 실감하지 못했을 것이다. 그러나 수화기 저편 그들의 목소리가 들려오는 것만으로도 내가 우주에 혼자 버려진 미아가 아니라는 위안이 들어 가슴 한편이 따뜻해졌다. 그리움이 밀려오기 시작했다.

아이슬란드 여행은 (특히) 한국에서 온 사람들에겐 지금까지의 상식과 하루하루 싸워야 하는 일일지도 모른다. '아니 세상에 왜 이런 게 다 있지?'라는 감탄사를 계속 뱉어낸다. 매일이 낯설고 충격적인 경관과의 만남이며 새롭게 받아들여야 하는 것들이 너무도 많다. 그러다 보면 결국 웬만한 미관은 그냥 대수롭지 않아 보이는 순간도 온다. 하지만 여행지에 있는 사람은 평소보다 더 예민한 감각을 유지할 필요가 있다. 그 순간의 시선과 온도와 호흡은 어쩌면 두 번 다시 삶 속에서 마주치지 못할 종류의 것일 수도 있기 때문이다.

그래서 여행 내내 나는 평소보다 더 치열하게 기억하려 노력했다. 수천, 수만 년 동안 쌓여온 거대한 빙하의 견고한 촉감, 나무 한 그루 없이 드넓은 이끼로 수놓여 있던 산길, 깎아지른 피오르 해안도로의 산들이 주던 처연함, 하늘을 둘로 가르던 오로라의 초록빛, 순식간에 나를 숨 막히게 했던 거대한 지평선의 향연, 아작거리는 소리를 내며 발꿈치에 밟히던 해변의 검은 모래알까지 모두 나의 오감 속에 붙들어두고 싶었다. 게다가 이곳이 가진 크기의 압도감과 풍경의 입체감은 도무지 사진으로 담아낼 수 있는 것이 아니었기에 나는 그 어느 때보다 예술가의 마음으로 매 순간을 보냈다. 여기는 간헐천처럼 인간에게 끝없는 예술적 영감을 터뜨려주는 곳이다.

아이슬란드의 북동쪽에 위치한 에일스타디르는 바다를 접하고 있었던 지금까지의 도시들과는 다르게 산으로 둘러싸인 내륙에 위치해 바람도 비교적 덜하고 왠지 모를 아늑함마저 주는 곳이다(물론 가는 길까지의 위험천만했던 여정 때문에 더 그렇게 느꼈을 수도 있겠지만). 영국에 갔을 때도 상상을 초월하는 변화무쌍한 날씨에 혀를 내둘렀었지만 역시 무엇을 상상하건 여긴 그 이상이다. 그렇게 나를 조마조마하게 하며 눈보라 치던 하늘이 언제 그랬냐는 듯 다시 청명해졌다.

주유와 간단한 식사를 마치고 차 안에 앉아 커피를 마시며 지도를 펼쳤다. 스마트폰으로 모든 걸 다 할 수 있더라도 이동 중에는 통신이 원활하지 않은 곳이 꽤 있기에 렌터카 회사에서 가져온 지도는 여행 내내 고마운 길잡이가 되어주었다. 에일스타디르의 중심에선 오랜만에 LTE까지 터져주고 있었음에도, 습관처럼 나는 지도를 펼치고 가볼 만한 곳을 찾았다.

겨울 일조시간이 아마도 세계에서 가장 짧을 이 나라에선 하루 머물 곳을 정하는 일에 각별히 신경을 써야 한다. 하루에 이동하기 너무 먼 곳을 정하면 불빛 하나 없는 어둠 속에서 운전을 해야 하고, 그만큼 많은 것들을 지나쳐버리는 손해를 보게 된다. 짧게 짧게 여유를 갖고 돌아다니는 것이 최선이겠지만 경제적, 시간적 문제도 간과할

동화 속에 나올 것 같은 세이디스피외르뒤르 마을

세상의 모든 고독
아이슬란드

수 없다. 어떤 길을 가게 될지 전혀 알 수 없기에 단순히 거리만 따져 도시를 정하는 것도 무리가 있다. 자신의 여유와 일정, 그리고 현지 상황까지 모두 고려해 안배해야 한다. 회픈에서 에일스타디르는 짧은 거리였기에 주변 마을을 찾아보기로 했다. 김병우 감독이 말했던 '동화에 나올 것 같은 마을'이 때마침 이 주변인지라 그곳으로 가보기로 정했다.

세이디스피외르뒤르 Seyðisfjörður 마을. 시규어로스의 투어 영상 〈헤이마〉에서 보았던 몇몇 마을 중 가장 인상적이었던 곳이기도 하다. 평온하고 행복해 보이는 사람들의 표정을 보는 것만으로도 영혼이 치유되는 느낌이 들었던 바로 그곳. 이름조차 낯설기 그지없던 그 머나먼 마을이 지금 내비게이션을 켜니 고작 7킬로미터 앞에 있다고 알려준다. 서두르자.

세이디스피외르뒤르는 아이슬란드 동부 피오르의 백미로 불리는 곳이다. 죽자고 그 산을 넘지 않았다면 자연스럽게 해안도로를 통해 닿았을 마을. 후회는 접어두고 다시 길을 거슬러 달린다. 또 하나의 산을 넘어야 하기에 트라우마처럼 긴장감이 밀려왔다. 그러나 이미 한 번 겪은 두려움은 어찌되었건 두 번째는 좀 나아지는 것일까. 산중턱에 내려 눈으로 뒤덮인 발아래의 풍경을 감탄하며 내려다볼 수 있을 정도의 여유를 찾았다. 커다란 전신주들을 제외하고는 사람의 손이 닿은 곳은 조금도 발견할 수 없는, 그야말로 외계의 풍경이 펼쳐진다. 그리 높은 곳이 아닐 텐데도 나무 한 그루 없는 광활한 지평선 때문인지 그 어느 곳보다 가슴이 탁 트이는 넓은 평원을 감상할 수 있다.

산 정상에 오르자 다시 눈보라가 몰아쳤지만 왕래가 잦은 마을이라 그런지 제설차가 열심히 다니고 있어 걱정이 덜했다. 좁은 산길에서 마주친 트럭이 내 차를 보고 멈춰 서서 길을 비켜준다. 이곳에서는 맞은편에서 차가 오거나 뒤에 차가 따라붙으면 무조건 양보를 한다. 경치를 보기 위해 수시로 차를 세우거나 서행하는 사람도 많기에 이들은 언제나 서로 양보한다. 비록 이따금 몰아치는 눈보라가 시야를 가리긴 했지만 정말 요정이 살고 있는 마을로 다가가고 있는 듯한 기분이 들게 하는 신비로운 길이다.

그렇게 '아름답고 험난한' 길을 내려오다 보면 이윽고 눈앞에 호수 같은 바다를 끼고 있는 작은 피오르 마을 세이디스피외르뒤르가 보이기 시작한다. 마을 입구에 서 있는 하늘색 교회를 시작으로 알록달록한 색깔의 작은 집들이 오밀조밀한 산에 둘러싸인 신비로운 마을이다. '아 이런 곳에 사람이 다 살고 있다니'라는 감탄이 절로 나온다. 그야말로 동화 속에서나 나올 것 같은 요정들의 마을. 비록 몸을 날려버릴 듯한 바람이 세차게 불고 있었지만 화창한 날 이 마을이 어떤 기운을 풍길지가 선연히 그려진다.

차에서 내려 마을을 한 바퀴 둘러보는 데에는 그리 오랜 시간이 필요치 않았다. '평온'이라는 단어가 마치 거대한 축복처럼 이 작은 마을을 뒤덮고 있었다. 대자연이 만든 피오르와 사람이 만든 마을의 색채감이 절묘하게 어우러져 빚어낸 예술 작품. 이 마을에서의 짧은 시간이 준 평온의 여운은 한없이 길었다.

다시 눈발이 흩날린다. 이것은 아름다운 풍경인가?
아니 아름답다고만 말할 순 없을 것이다.
이를 보고 있는 나는 행복한가.
아니, 행복하다고만 말할 수도 없을 것이다.

세상의 모든 고독
아이슬란드

08

데티포스,
모든 것이 시작되는 곳
혹은 모든 것의 종착지

근심 속에서 아침을 맞았다. 지난밤부터 다시 눈이 내리기 시작한 것이다. 아이슬란드의 도로 상황은 인터넷으로 실시간 체크할 수 있는데, 북쪽의 모든 도로들이 빨간색으로 물들어 있는 게 아닌가. 눈이 더 심해지면 도로가 통제될 수도 있다. 오늘만큼은 안 된다. 드디어 이 여행의 가장 큰 목표였던 데티포스Dettifoss를 만나는 날이기 때문이다. 기상 상황에 따라 안전을 보장할 수 없는 이곳 도로 사정상 자칫하면 데티포스까지 들어가지 못할 수도 있다는 불안감에 지난밤 잠도 쉽게 이루지 못했다.

다행스럽게도 눈은 그쳤지만 간밤에 쌓인 양이 심상치 않았다. 숙소 계단을 내려오자 발이 움푹움푹 들어갈 정도로 눈이 차오른다. 등산화를 신지 않았다면 똑바로 걷는 것조차 쉽지 않았을 정도의 눈. 짜증스럽지만 자연이 하는 일에 대한 원망만큼 허망한 일도 없다. 에일스타디르 시내로 차를 돌려 다시 연료를 가득 채우고 빵과 치즈, 따뜻한 커피 한 잔을 산 뒤 길을 떠났다.

동부가 바다를 접한 부챗살 같은 피오르 지형이라면 북부는 산마저도 야트막한 그야말로 광대하고 평평한 불모지의 연속이다. 너무 황량해서 도무지 사람이 사는 곳처럼 느껴지지 않는다. 'Flat Land(평평한 땅)'라는 별명이 납득되는 풍광이다. 동쪽이나 남쪽에서 볼 수 있었던 초록빛은 온데간데없는 잿빛 자갈밭의 살풍경. 바람에 눈이 씻겨 나간 곳은 온통 검은색이라 이곳이 생명이 살 수 없는 화산 지대임을 한눈에 알 수 있었다. 차에서 내릴 때마다 외계 행성에 불시착한 우주비행사가 된 듯한 기분이 든다.

회색빛 하늘과 회색빛 대지. 온통 무채색으로만 물들어 있는 우울의 땅은 한없이 기분을 바닥으로 끌고 내려갔다. 이곳을 혼자 여행하는 일에 어느 정도 익숙해졌다고 생각하던 나를 비웃는 듯 묵직하게 어깨를 누르는 고독감. 그래도 이따금 모습을 보여주던 작은 마을조차 존재하지 않는 이 허허벌판 어딘가에 그토록 염원하던 데티포스가 영겁의 시간 동안 회색의 물을 쏟아내고 있는 것이다.

데티포스로 향하는 길은 사진으로 보았던 폭포의 이미지 그대로 황량했다. 태초의 지구를 연상케 하는 황무지. 그마저도 눈에 덮여 있어 정말 '아무것도 없다'란 말이 이보다 더 어울릴 수 없을 정도였다. 거친 비포장도로 위로 쌓인 눈이 곱게 다져진 하얀 도로를 하염없이 달리노라면 시작도 끝도 없는 검은 사막 한가운데 혼자 버려진 듯한 기분마저 든다.

우려했던 일이 결국 터지고 말았다. 길 하나가 막혀 있었다. 데티포스의 이정표가 보일 때까지 한참 동안 아무것도 없는 길을 달려 여기까지 왔건만……. 정말 다리에 힘이 탁 풀렸다.

데티포스로 가는 길은 두 가지다. 그중 내가 노렸던 구간은 실제 영화 〈프로메테우스〉에서의 앵글로 폭포를 볼 수 있는 왼편. 비포장

도로라 좀 험난하긴 하지만 날씨가 좋은 날엔 더 많은 사람들이 찾는 방향이라고 한다. 그런데 폭설로 그 길이 통제되어버렸다. 결국 차를 돌려 반대편으로 향했다. 포기할 순 없다. 이렇게 된 이상 그곳을 볼 수만 있다면 허허벌판 한가운데서 오늘 하루를 다 버린대도 상관없었다. 조바심이 일었지만 반대편 차선만은 막혀 있지 않기를 간절히 바라며 조심조심 빙판길을 달렸다. 이게 정말 도로인가 싶을 정도의 거친 길을 가는 동안 피로는 점점 쌓여갔다.

데티포스의 입구는 안내판과 작은 간이 화장실 하나가 전부다. 대여섯 대 정도가 주차된 한적한 주차장에서부터 수 킬로미터를 걸어야 데티포스, 그리고 부근에 있는 셀포스Selfoss를 둘러볼 수 있다. 돌아오는 사람들의 허벅지 언저리까지 묻어난 눈을 보니 가는 길이 만만치 않겠다는 생각이 들었지만 이곳까지 올 수 있었다는 것만으로도 감사한 마음이었던지라 망설임 없이 눈 쌓인 길로 걸음을 내디뎠다.

무릎까지 푹푹 빠져드는 눈길. 사람이 먼저 지나가 푹 꺼진 발자국 자리를 조심스레 디디며 반은 걷고 반은 기다시피 하며 걸어나갔다. 분명 표지판에는 트레킹 구간이 표시되어 있지만 눈 때문에 어디가 길인지조차 식별되지 않는다. 눈에 덮여 반만 보이는 안내봉에 모든 의식을 집중하며 길을 잃지 않도록 조심해서 걸었다.

조금씩 조금씩 거대한 짐승의 목울림처럼 크르릉거리는 소리가 들리기 시작했다. 바람 소리가 아니다. 세상의 반대편에서부터 염원했던 바로 그 폭포가 서서히 모습을 드러내기 시작했다. 끝없이 이어지던 평지가 갑작스레 깎여 낭떠러지가 되고 그 사이로 검은 흙탕물이 엄청난 물보라를 일으키며 가차 없이 쏟아진다. 상상했던 것보다 훨씬 넓고 깊으며 위압적이다. 폭이 무려 100미터에 이르는, 유럽에서 가장 스케일이 큰 폭포.

검은 모래를 품은 빙하수가 어둡게 쏟아붓는 데티포스의 포스는 그야말로 말을 잃게 했다. 여전히 크고 작은 화산 활동이 이어지고 있는 아이슬란드 북부 지역의 초현실적 풍경들 사이에서도 가장 파워풀하고 압도적인 존재감을 과시하는 곳이다. 용암의 흐름이 만들어낸 생채기로 가득한 암석들 사이에서 괴성을 지르며 퍼붓는 폭포의 위용은 그야말로 '죽기 전에 반드시 봐야 할 절경'이다. 지상에서 지하로 쏟아져 내리는 듯한 그 모습은 그로테스크하기까지 했다.

주변을 한참 배회하며 미친 듯이 카메라 셔터를 눌렀다. 그러고는 이내 멍하니 넋을 놓고 한참 동안 폭포에 시선을 빼앗겼다. 다시 눈발이 흩날린다. 이것은 아름다운 풍경인가? 아니 아름답다고만 말할 순 없을 것이다. 이를 보고 있는 나는 행복한가. 아니, 행복하다고만 말할 수도 없을 것이다.

세상의 모든 고독
아이슬란드

압도적인 존재감의 데티포스

영화 속 지구 생명의 근원으로 묘사되었던 태초의 폭포 데티포스. 한국에서 이역만리 떨어진 아이슬란드에서도 레이캬비크의 정반대, 북쪽에서도 한참 동떨어진 외딴 화산 지대 한구석에 홀로 있는 이 폭포는 화산 폭발로 생겨난 거대 협곡을 따라 수천수만 년에 걸쳐 고독의 눈물을 흘리고 있는 존재이다. 그를 바라보는 나의 감정은 어쩌면 숙연함에 가까웠다. 회색 하늘 아래 압도적인 대자연의 고독이 영겁의 시간을 뚫고 펼쳐져 있는 이곳에서 한낱 인간이 가질 수 있는 감정이라는 게 달리 무엇이 있을까. 그저 고개를 숙이고 조용히 그 서늘한 절대 고독과 울림을 같이했다. 혼자라서 외롭다는 생각조차도 부끄럽게 느껴지는 순간이었다. 다른 여행자들이 계속 오가는 동안에도 나는 좀처럼 이곳을 떠날 수 없었다. 이 흐린 물줄기는 무심하게 북쪽 바다를 향해 흘러간다.

데티포스에서 1.5킬로미터 길을 거슬러 올라가면 만날 수 있는 셀포스는 폭포의 높이는 데티포스보다 낮지만 더 넓어서 광활한 느낌을 준다. 신들이 깎아놓은 조각인 양 고고하고 품위가 느껴지는 모습은 데티포스가 뿜어내는 원시적인 공포감과는 또 다르다. 신발과 바지는 눈구덩이에 빠져 엉망진창이지만 그런 건 아무래도 상관없었다.

빙판길을 헤매고 다니느라 연료 소비가 과했다. 주유소가 있다는 가장 가까운 마을 아우스뷔르기Ásbyrgi로 달리던 중 도로 통제 표지

신들이 깎아놓은 조각 같은 폭포 셀포스

판이 나타났다. 다음 숙소가 있는 미바튼^{Mývatn}으로 차를 돌렸다. 가
는 길에 단 하나라도 주유소가 있기를 간절히 바라면서……

　잠시 내리던 비는 이내 다시 눈으로 바뀌었다.

　당신은 낡은 노를 저어 강을 지나왔지.

　배는 침수되고 바다에 이른 당신은 파도를 헤치고

　해변까지 헤엄쳤지만 결국 바다 위를 떠다니며 수면 위에서 잠든다.

　안개 속에서 비치는 섬광…….

　—시규어 로스(Sigur Ros), 〈노를 저으며(Ára Bátur)〉　　　　　　　※

이렇게 잔뜩 흐린 날만 계속된다면
언제 다시 오로라를 만날지도 알 수 없는 일이다.
지나간 일주일이, 행복하기에 더 슬픈 꿈처럼 느껴진다.
아이슬란드는 이렇게 나에게 환희와 고독을 동시에 던져주었다.

세상의 모든 고독
아이슬란드

09

끓어오르는 땅을 딛고

힘이 든다. 반복된 눈이 모든 풍경을 새하얗게 뒤덮어버렸다. 가도 가도 똑같은 풍경들이 단조롭게 반복될 뿐이다. 검은색 화산 땅에서 갑자기 바다로, 그러다가 초원으로, 기암괴석의 이끼밭에서 폭포로, 시시각각 변화하던 그간의 모습은 찾아볼 수 없다. 겨울 여행을 선택한 이상 피할 수 없는 일이라는 것을 알면서도 괜스레 하늘을 원망해본다. 불의 땅이라고 불리는 미바튼 지역의 '화성과도 같은 모습'을 놓칠 수도 있지 않을까 하는 불안감마저 든다.

아이슬란드의 남쪽이 '얼음의 땅'이라면 북쪽은 '불의 땅'이다. 땅 밑으로 여전히 마그마가 흐르고 언제 다시 화산활동이 일어날지 모른다는 곳이다. 사진으로 찾아본 미바튼은 화성 표면처럼 검붉은 대지의 모습이 마치 지옥도처럼 펼쳐져 있는 기이한 곳이었다. 그래, 물론 완벽한 여행이란 건 없다. 어떻게 해도 아쉬움은 남을 수밖에 없고 그것을 편하게 받아들이는 것이 현명하다는 것도 알고는 있다. 하지만 조급함은 쉽게 나를 놓아주지 않았고, 결국 이 하얀 지옥은 천천히 나를 우울의 바다로 끌어당기기 시작했다. 아니, 어쩌면 데티포스를 본 이후부터 마음 한구석 어딘가에 커다란 외로움의 구멍이 나버린 걸 수도 있다.

차 안에서 재생되는 쳇 페이커Chet Faker와 로익솝Röyksopp의 음악들이 점점 느려지는 것 같다. 이 하얀 세상 속에서 시간이 멈추어버린 건 아닐까. 눈은 점점 심해졌고 길에서 이따금씩 마주치던 다른 차들도 이젠 거의 보이지 않는다. 숨 막히는 외로움과 두려움이 덮쳐왔다. 스스로를 달래려 차 안에서 노래를 따라 부르고 끊임없이 혼잣말을 해댔다. 한참을 뒤져 내비게이션의 음성 설정을 한국어로 바꿨다. 모국어가 주는 실낱같은 위안에라도 기대고 싶었다.

하얀 길을 얼마나 달린 걸까. 연료 게이지가 한 칸 정도 떨어지고 나서야(잔여 연료량이 주는 불안의 크기는 한국과 비교조차 할 수 없다) 드디어 미바튼의 이정표가 나타났다.

거대한 설원 여기저기에서 연기인지 수증기인지 알 수 없는 연무

사람이 없는 곳

가 피어오르고 있었다. 흐베리르^{hverir}라고 불리는 화산 지대다. 차를 세우고 내리자 게이시르에서도 맡은 적 있는 유황 냄새가 코를 찔렀다. 눈으로 뒤덮인 대지의 일부는 열기에 녹아 진흙투성이가 된 검붉은 땅을 드러냈고 여기저기 크고 작은 가분화구에선 끊임없이 가스가 피어올라 진흙탕의 웅덩이를 부글부글 끓어오르게 하고 있었다. 어지간한 초현실적 풍경에 익숙해져 있다고 생각했던 나에게도 충분히 괴상한 광경이었다. 이 외계 행성 같은 지면을 만들어내는 것은 필시 땅 아래로 흐르는 용암일 것이다. 언제 다시 터질지 모르는 위험을 안고 살아가야 하는 곳. 그것이 미바튼이고 미바튼의 사람들이다.

화산활동이 만들어낸 거대한 칼데라호(화산 꼭대기의 분화구가 무너진 곳에 생긴 호수)인 미바튼 호수를 중심으로 만들어진 이 작은 마을의 사람들은 뜨거운 땅을 이용한 지열발전으로 전력을 얻고 목축과 숙박업을 통해 살아간다. 이곳에 사는 건 불안하지 않을까, 하루하루가 조마조마하지 않을까 걱정되기도 했지만 이곳 사람들에게서는 그런 모습을 찾아볼 수 없다.

긴 시간 운명처럼 주어진 환경과 자연에 순응하며 살아가는 이들에게 그런 종류의 조바심은 아무런 도움이 되지 않는 것일까. 농작물이 자랄 수 없는 끓어오르는 땅 위에서 그들은 온천과 지열발전을

아이슬란드 사람들에게 전기를 공급해주는 지열발전소

이루었다. 미바튼 사람들이 불안 위에 세운 것은 고요한 평온이었다. 해안을 접하고 있는 대부분의 아이슬란드 마을과 달리 내륙 깊은 곳에 위치해 있기 때문에 미바튼 주변의 살풍경은 아이슬란드의 인랜드를 엿볼 기회이기도 하다.

눈으로 인해 도로 사정이 극도로 악화되어 있었다. 결국 미리 검색해둔 크라플라^{Krafla}로는 진입조차 할 수 없었는데, 이곳은 스물아홉 번이나 실제 분화가 일어났던 화산 지대라고 한다. 트레킹 코스도 마련되어 있다고 했으나 고작 10월 말임에도 이미 한겨울인 이곳에선 다 무용지물이다. 마지막 분화는 1984년. 언제 다시 폭발이 일어날지 모르지만 폭발의 여파로 뒤집힌 지표면과 살아 움직이는 화산의 모습을 볼 수 있는 곳이다.

간신히 호숫가 마을 초입까지 도달해서 다시 연료를 가득 채운 뒤 호수를 끼고 마을 전체를 한 바퀴 둘러보았다. 또 어딘가로 갈 수 있을지 확신이 서지 않았지만 눈 때문에 하루를 버릴 수는 없었다. 어차피 지금 내린 눈은 내년 여름까지 녹지 않을 테니까.

지열에 달궈진 크고 작은 천연 온천이 어디서나 눈에 띄는 시내에선 무료로 즐길 수 있는 노천 온천도 보였다. 동굴 속에 자리한 작은 온천엔 '요정이 목욕하는 곳'이라는 안내판도 붙어 있었다. 곳곳에

칼데라와 가분화구가 있었다. 그 어느 곳보다 기이하면서도 아름다운 모습이었지만 이조차 이내 눈에 가려 모든 것들이 희미해지기 시작했다. 한 시간여에 걸쳐 거대한 호수를 한 바퀴 돌아보는 중에 하늘은 점점 더 어두워졌다. 기어이 다시 쏟아지는 눈 때문에 가만히 차를 달리는 일조차 벅찰 지경이었다. 이런 눈길을 달려주는 자동차가 신기하고 고마울 정도다. 극악의 연비를 보여주고 있음에도 스파이크 박힌 타이어는 어쩔 수 없이 장착해야 한다.

가뜩이나 음울한 공기와 색채를 지닌 이곳에 눈이 오고 해가 저물기 시작하자 세상은 그 천연의 빛을 잃고 검은 땅과 흐린 하늘, 흐린 눈으로 이루어진 흑백영화로 바뀌었다. 설마 이 여행의 남은 날들을 내내 이 무채색의 우울감 속에서 지내야 하는 건 아닐까 하는 불안이 다시 고개를 내민다. 따뜻한 샤워와 음식과 침대의 위로가 필요하다. 서둘러 예약해둔 게스트하우스로 갔다. 지금까지의 숙소들 중 가장 저렴했던 그곳은 형편없는 시설로 나를 실망시켰다. 아이슬란드의 숙소는 어디를 가든 깔끔했지만 이곳은 낡은 컨테이너를 개조한 듯한 구조에, 비수기라 관리를 제대로 하지 않았는지 추웠다. 게다가 텔레비전도 없고 와이파이는커녕 3G도 제대로 터지지 않는 변두리 외진 곳에 자리하고 있었다.

'오늘은 나를 완벽하게 외롭게 만들려고 주어진 날인가 보다'라며 포기하는 마음으로 짐을 풀고 근처에 딱 하나 있는 레스토랑을 찾아 양고기와 40도가 넘는 독주 슈냅스 몇 잔을 털어 넣고 일찌감치 누웠다. 그러나 잠이 올 리 없다. 창 너머로 눈 쏟아지는 소리가 들리는 것 같은 착각마저 들었다.

정적.

전혀 알아먹을 수 없는 언어로나마 외로움을 적잖게 달래주던 텔레비전마저 없으니 마음은 더더욱 막막해졌다. 눈 때문에 엉망이 된

옷가지와 신발을 말리기 위해 라디에이터에 올려놓고 습관처럼 커튼을 걷어 하늘을 확인했다. 무정하게도 내리는 눈. 벌써 나흘째다. 내일은 아이슬란드의 최북단 마을인 후사비크Húsavík와 달비크Dalvik를 거쳐 아퀴레이리Akureyri로 가는 일정인데 아우스뷔르기처럼 북쪽으로 가는 길이 통제되어 있으면 아퀴레이리를 제외하고는 어느 곳도 갈 수 없게 될지 모른다. 이렇게 잔뜩 흐린 날만 계속된다면 언제 다시 오로라를 만날지도 알 수 없는 일이다. 지나간 일주일이, 행복하기에 더 슬픈 꿈처럼 느껴진다. 아이슬란드는 이렇게 나에게 환희와 고독을 동시에 던져주었다.

결국 낡은 숙소에서 쉽게 잠을 이루지 못하고 한 시간마다 바깥으로 나와 차에 쌓인 눈을 치우고 한숨을 푹푹 내쉬고 남은 술을 비워가며 새벽까지 뜬눈으로 시간을 보냈다. 숨 막히는 새벽의 고요 속에서 정말 눈 내리는 소리가 들려왔다. 차 안에 놓아둔 비상식량들은 이미 차갑게 얼어붙어 있었다. ※

바다는 아쿠아리움이 아니다.
허탕을 칠 확률도 적지 않지만 배를 타고
세상에서 가장 청정한 이곳의 바다를 돌아다니는 것만으로도
아마 사람들은 충분히 행복해하리라.

세상의 모든 고독
아이슬란드

10

북극의 연인들

기적은 일어나지 않는다.

눈을 뜨면 거짓말처럼 화창한 햇살의 날씨를 볼 수 있길 바라며 잠에서 깼지만 숙소 앞 공터에는 무릎 높이까지 눈이 쌓여 있었다. 간밤에 그렇게 여러 번 털어냈던 자동차는 다시 수북한 눈에 덮여 있다. 담배 연기처럼 뿜어져 나오는 긴 한숨과 함께 시작된 하루.

어쨌든 북쪽으로 출발한다. 북극권에 걸쳐져 있는 곳. 고래를 볼 수 있다는 항구 마을 후사비크로 향했다. 겨울에 이륜구동 자동차를 타고 올라갈 수 있는 한계선이다. 주유소에 딸린 가게에 들러 뜨거운 커피 한 잔을 마시며 밤새 내린 눈에 더 고요해진 미바튼 호수를 잠시 바라보다가 다시 여정에 올랐다.

후사비크로 가는 길은 만만치 않았다. 아이슬란드에서 그나마 평탄한 편인 1번 국도를 제외하면 거의 좁고 거칠며 때론 포장조차 되어 있지 않은 길의 연속이다. 교통량이 많지 않을뿐더러 최대한 자연을 해치지 않는 선에서 놓인 도로들이므로 당연한 일이다. 북쪽으로 갈수록 도로와 주변 지역의 구분이 사라질 정도로 눈의 양이 점점 많아진다. 언제든 길이 막혀 있을 수도 있겠다는 생각이 들자 차라리 마음이 편해졌다. 오늘은 그냥 하루 종일 눈의 길을 달리자. 길이 막히면 되돌아가고 어디로든 달려보다가 어두워지기 전에 호텔이 있는 아퀴레이리까지만 가면 된다.

눈과 나 자신, 그리고 음악밖에 없는 시간이 얼마나 지속되었을까. 짙게 흐려진 하늘 아래 잿빛 바다가 나타났다. 저 끝없이 펼쳐진 수평선 너머는 북극이다. 세상의 끝을 바라보고 있는 기분이 되었다. 훌리오 메뎀Julio Medem의 영화 〈북극의 연인들Los amantes del círculo polar〉이 떠올랐다. 해가 저물지 않는 곳에서 다시 만나길 희망하며 핀란드 북단 북극권을 찾아가던 젊은, 그래서 슬펐던 오토와 아나. 음울한 청춘들의 사랑의 종착역이었던 북극. 북유럽이 안고 가야 할 숙명과도 같은 깊은 우울함과 외로움이 적막하게 얼어붙은 북극해 위를 떠돌고 있었다. 여행 내내 나를 깊이 누르던 뜻 모를 고독의 이유가 이것이었나 보다. 세상 모든 것을 침묵하게 할 것 같은 검은 바다를 조용히 지나 후사비크의 이정표가 나타날 때까지 달렸다.

후사비크는 배를 타고 고래를 보는 투어로 유명한 곳이다. 겨울 시즌에는 거의 오전 10시, 11시가 되어야 사람들이 활동을 시작하거니와, 지독스럽던 날씨 탓에 여행객이 거의 없다시피 해서 고래 투어선들은 거의 항구에 정박되어 있다. 매표소는 문조차 열지 않았다. 차에서 내려 아직 반쯤 잠들어 있는 후사비크 주변을 둘러보았다. 항구와 항구 주변에 자리 잡은 몇 개의 식당을 제외하곤 주택들만 옹기종기 모여 있는 작고 예쁜 마을이다.

'우리에겐 고래밖에 없어'라고 얘기하듯 가장 크게 지어진 건물은 다름 아닌 고래 박물관이다. 아이슬란드 사람들에게 고래는 친숙한 동물이다. 관광 자원일 뿐만 아니라 전통적 고래잡이를 지금도 계속하고 있어, 개체 수가 많은 밍크 고래는 그들 식문화의 일부이기도 하다. 무료로 개장한 고래 박물관을 찾아 아기자기한 전시들을 보며 시간을 보냈다. 이 동네 아이들이 그린 고래 그림도 전시되어 있는 것이 귀엽고 인상적이었다. 이렇게 절대적으로 인구가 없는 나라에서 어린아이들의 존재란 그야말로 가치를 헤아릴 수 없는 진정한 보물일 것이다.

세상의 모든 고독
아이슬란드

사람이 없는 곳

후사비크에서 아퀴레이리로 가기 위해선 미바튼까지의 길을 다시 거슬러 돌아가야 한다. 다시 사람의 왕래가 느껴지지 않는 눈 덮인 길을 쉼 없이 달리다 보면 또 하나의 아름다운 폭포, 고다포스 Goðafoss를 만날 수 있다. '신의 폭포'라는 이름을 가진 이 폭포는 아이슬란드의 다른 유명 폭포들에 비하면 크지 않은 규모지만 여러 개의 물줄기가 한데 모여 쏟아지는 독특한 구조여서 매력적이다.

서기 1000년경 루터교가 아이슬란드의 국교로 지정되면서 이교 신의 조각상들을 이 폭포에 버렸다 하여 이름 붙여진 신의 폭포(전 인구의 80퍼센트가 루터교인 아이슬란드 사람들이 여전히 엘프와 트롤을 믿고 있다는 사실은 다소 아이러니하다).

비록 데티포스를 보고 난 이후라 큰 감흥은 없었지만, 아무것도 없는 설원을 끝없이 달리다가 만난 이곳은 지루한 겨울 여행길에 충분히 쉬어 갈 수 있는 오아시스가 되어주었다. 폭포 부근엔 주유소와 기념품 가게를 겸한 식당도 있어 창밖으로 고다포스가 내다보이는 따스한 실내에서 식사를 즐길 수도 있다. 이곳 북부에선 한겨울에 혼자 다니는 동양인 여행자가 보기 드문지 사람들이 다들 신기한 듯 어디서 왔는지부터 시작해서 이것저것 말을 건네온다. 시골 마을 특유의 인정 어린 분위기가 얼어붙은 세상 위에 따스한 사람의 흔적을 수놓는다.

신의 폭포 고다포스

아이슬란드 북부 중앙에 있는 아퀴레이리를 지나 북쪽의 달비크로 간다. 후사비크와 비슷한 위도에 위치한 달비크 역시 고래 투어로 유명한 마을이지만 역시나 도시 전체가 잠들어 있는 듯 조용하다. 여름엔 고래 투어를 즐기려는 관광객들로 붐비는 데다가 아이슬란드의 최북단, 진정한 북극권의 섬인 그림시^{Grímsey}행 배도 탈 수 있는 마을이라지만 겨울엔 완전히 잠들어버리는 곳이기도 하다. 마치 바캉스 시즌이 끝난 후 찾은 해수욕장 같은 한산함과 쓸쓸함만이 가득하다.

생각해보면 고래 투어라는 것은 참 재미있다. 드넓은 바다에 배를 타고 나가 고래를 본다. 어디에 고래가 있는지, 한정된 시간 안에 고래를 볼 수 있을지 사실 100퍼센트 확신할 수 없다. 바다는 아쿠아리움이 아니다(오로라 투어도 사실 마찬가지지만). 허탕을 칠 확률도 적지 않지만 배를 타고 세상에서 가장 청정한 이곳의 바다를 돌아다니는 것만으로도 아마 사람들은 충분히 행복해하리라. 지금은 얼음 속에 잠들어 있는 달비크의 여름 풍경이 상상되었다. 산은 여전히 만년설에 뒤덮여 있겠지만 지금은 찾아볼 수 없는 사람들의 활기와 초원과 파란 바다가 이 조그마한 마을을 빛내고 있을 것이다.

아쉬운 마음을 남겨둔 채 달비크를 떠나 다시 길을 거슬러 달렸다. 이정표를 따라 시내로 접어들자 분위기가 바뀐다. 실로 오랜만에 '신호등'을 만났다. 4~5층은 될 법한 높은(?) 건물들도 보였다. 그렇다. 북아이슬란드의 수도로 불리는 인구 1만 7,000여 명의 도시이자 오늘의 종착지인 아퀴레이리다(아이슬란드에서 인구가 만 명을 넘어가는 도시는 손에 꼽힌다. 레이캬비크가 있는 남서부를 제외한 나머지 지역 전체에서 가장 큰 도시라고 볼 수 있다).

도시답게 조금은 그럴듯한 시설을 갖춘 호텔에 체크인을 하고 시내를 한 바퀴 돌았다. 레이캬비크의 랜드마크 하들그림스키르캬 교회를 설계한 건축가 그뷔드욘 사무엘손Guðjón Samúelsson이 지은 또 하나의 큰 교회를 중심으로 다양한 카페와 식당, 상점들, 심지어 영화

저녁을 먹은 식당 뤼브23과 그뷔드욘 사무엘손이 지은 교회

관과 악기점도 있었다. 훌륭한 아티스트들을 대량 배출하고 있는 나
라의 악기점이라기엔 너무 작고 소박했지만 여행 이후 처음으로 발
견한 악기점이라 시간 가는 줄 모르고 둘러보았다. 무엇보다 도시가,
그리고 도시에 있는 사람들이 만들어내는 분위기가 오랜만이라 나
도 모르게 들떴다. 알록달록 색채감 가득한 건물들이 놀이공원에 와
있는 듯한 착각마저 들게 하는 아름다운 도시.

세상의 모든 고독
아이슬란드

여행 정보 애플리케이션인 트립어드바이저[TripAdvisor]에서 가장 높은 평점을 받은 뤼브23[Rub23]이라는 레스토랑에 들어가 저녁을 먹었다. 어업으로 경제를 일으켰던 아이슬란드 도시들 중에서도 가장 대표적인 도시였던 이력답게 해산물 요리가 유명한 곳이다. 성수기 때는 예약 없이 입장조차 할 수 없는 곳이라는데 웬일인지 식사 내내 텅텅 비어 있었다.

호텔로 돌아와 고민에 빠졌다. 아이슬란드 북서부의 끝인 이사피외르뒤르[Ísafjörður]를 목적지로 해서 서부 피오르를 둘러보려던 계획에 차질이 생긴 것이다. 도로 안내 페이지에서 보여주는 북쪽 도로들은 모두 붉은 경고색으로 반짝였고, 1번 국도를 벗어나는 북서부의 길은 통제되었을 확률이 높았다. 간다 한들 최근 며칠과 똑같은 눈 덮인 풍경뿐이라면 의미가 없지 않은가.

계획을 변경했다. 계속해서 세상 끝에 버려진 기분이 들게 하던 북부 여행을 끝내고 다시 남쪽으로 내려가기로 했다. 눈이 없는 곳을 향해, 아니 눈이 없길 바라는 곳을 향해. ※

이곳에서 사람보다 자주 보게 되던 내륙의 눈 덮인 산.
가만히 서서 긴 시간 동안 조금씩 녹은 눈을 바다로 흘려보내며
나 같은 뜨내기 여행자를 셀 수도 없이 만나고 이별했던 영원의 산이다.
묵묵한 기다림의 존재이다.

세상의 모든 고독
아이슬란드

11

서쪽의 영원 속에

해가 뜨는 시간이 점점 늦어지고 있다. 변화무쌍한 이곳의 날씨에서 그나마 잠깐씩이라도 빛을 비춰주던 태양은 나흘째 구경조차 하지 못했다. 잔뜩 흐린 하늘보다 눈 덮인 땅이 더 밝아 보이던 시간들이었다. 설경도 물론 아름다웠지만 그 눈부셨던 태양빛 아래의 아이슬란드가 머릿속에서 잊히질 않았다.

　호텔에 마련된 간단한 조식으로 배를 채우고 다시 차에 올랐다. 오늘은 서부를 지나 레이캬비크로 돌아갈 참이다. 고속도로 아닌 눈길을 서울-부산 정도의 거리만큼 달려야 하니 지금까지의 일정들중 가장 긴 시간을 길 위에서 보내야 하는 하루다. 우선 레이캬비크에 거처를 잡고 미처 보지 못한 골든 서클 주변 남부의 장소들에 다시 가보기로 마음먹었다.

아일랜드의 가수 데미언 라이스Damien Rice는 10년간 발목을 붙잡았던 슬럼프를 아이슬란드에서 해소했다고 말한다. 아이슬란드에 머무는 동안 생애 처음으로 세상을 미워하지 않는 법을 알게 되었다고. 그렇게 그로 하여금 8년 만에 새 앨범을 발표하게 만든 이 나라의 힘을 이제는 나도 알 수 있다.

흐린 하늘 아래에서 아름다워서 슬픈 건지, 너무 슬퍼 보여 아름다움인지를 혼돈케 했던 이곳의 풍경들. 아무도 없는 공간 속에 홀로 남겨진 사람에게 찾아오는 길고도 깊은 내면의 여행은 쉼 없이 달려온 작업의 시간들 속에서 지치고 고갈되어 있던 나에게 스멀거리는 영감의 샘이 되어주었다. 폭포마저 얼어붙은 서부의 설경들을 지나오며 떠오른 멜로디와 가사들을 계속 멈춰가며 기록하기 시작했다.

아이슬란드 서북부의 피오르 지대인 이사피외르뒤르를 포기한 뒤 그냥 내려오면서 만나는 서부 지역의 풍경은 어쩌면 아이슬란드의 다른 지역들에 비해 밋밋해 보일 수 있다. 수많은 산과 빙하와 절벽과 폭포가 스펙터클하게 펼쳐지는 타 지역에 비하면 평평하고 단순한 초원의 연속이기 때문이다. 하지만 남쪽으로 내려감에 따라 도로 위의 눈이 녹고 점점 검은색 아스팔트가 드러나기 시작하자 다시 마

사람이 없는 곳

음이 설레기 시작했다. 이렇게 눈이 녹고 있는 것만으로도 행복을 느
낄 수 있는 여행이었는데 뭘 그렇게 모든 것을 다 보려고 욕심 부렸
던 걸까.

초원과 숲이 점점 모습을 드러내기 시작하고 길의 끝엔 환한 햇빛
이 보인다. 눈의 여정이 끝나가는 것이다. 이대로 도시로 들어가고
싶지 않다. 차를 돌려 서쪽 끝에 있는 보르가르네스Borgarnes와 아크
라네스Akranes 그리고 그 사이에 아직 푸르름이 남아있는 크발피외르

세상의 모든 고독
아이슬란드

뒤르^{Hvalfjörður}로 향했다. 아이슬란드 서부의 아래쪽 지역이다. 사전 검색도 하지 않고 이정표가 보이는 대로 움직였다. 가는 길에 별것 없어도 상관없다. 파란 하늘이 나타난 것만으로도 충분히 의미 있고 행복했다. 어디를 가든 따라오는 햇볕이 따스했다. 서울에서 거의 해를 보지 않고 사는 내가 이 먼 곳에서 이토록 햇빛을 그리워하게 될 줄은 정말 상상조차 하지 못했다.

남서부에 사람들이 많이 모여 살게 된 이유일까. 칼바람이 몰아치던 동쪽과 달리 서부의 피오르는 잔잔하고 조용했으며 따스하기까지 했다. 47번 국도를 한참 돌면서 만나게 되는 크발피외르뒤르는 한적하고 평온하다. 육지로 들어온 바다는 마치 강처럼 잔잔하고 도도하게 흐른다. 차에서 내려 바깥으로 나와 낮에 설원에서 끄적였던 글을 다듬었다. 산에 대한 노래였다. 이곳에서 사람보다 자주 보게 되던 내륙의 눈 덮인 산. 가만히 서서 긴 시간 동안 조금씩 녹은 눈을 바다로 흘려보내며 나 같은 뜨내기 여행자를 셀 수도 없이 만나고 이별했던 영원의 산이다. 묵묵한 기다림의 존재이다. 그에 비하면 내가 이곳을 스쳐가는 시간은 그야말로 '찰나'일 것이다. 그 찰나의 기억이 시간이라는 필터에 겹겹이 싸여 희미해지기 전에 어떤 형태로든 남겨두고 싶었다.

세상의 모든 고독
아이슬란드

산

나를 향한 당신의 미움이
조금씩 나를 타고 내려
냇물을 이루고
협곡을 따라 흐르다
얼어붙어 떠돌아다닐 때

다만 남겨진 슬픈 그대 원망을
내려다 보면서

난 가만히 그대로 여기 있었습니다
난 가만히 그대로 여기, 여기에

나를 향한 당신의 미움이
길고 길었던 여정 후에

이제 그 마음 검은 바다를 향해
흐르고 있네요

난 가만히 그대로 그댈 기다립니다
난 가만히 그대로 여기, 여기서

외로움이 어디서 왔는지
이젠 알겠습니다

사람이 없는 곳

남서부의 정적 탓인지 왠지 모르게 먹먹해진 마음을 안고 해가 지기 전 도착한 곳은 아이슬란드 여행의 시발점이기도 했던 싱벨리어 국립공원. 유네스코 세계유산인 이곳은 세계 최초로 의회가 열린 곳이기도 하다. 아이슬란드를 처음 발견한 바이킹들이 바로 여기서 의회를 열고 국가를 수립했다. 그래서인지 이곳은 경관보다는 아이슬란드 국민들의 성지와 같은 상징적 의미로 천 년 동안 보호되어 왔다. 또한 유라시아판과 북아메리카판의 경계가 있는 곳이기도 하다. 이 판은 지금도 1년에 2센티미터씩 벌어지고 있다고 한다. 이런 거창한 의미를 지닌 장소인 만큼 관광객들의 걸음이 끊이지 않았다.

차에서 내려 갈라진 틈을 가로지르는 트레킹 코스를 따라 천천히 걸었다. 단체 여행을 온 듯한 강한 영국 억양의 어린 학생들이 앞다투어 갈라진 돌 틈으로 들어가 본다. 좁은 틈새일 뿐이지만 지질학적

싱벨리어 국립공원의 풍경들

으로는 두 개의 대륙에 다리를 걸치고 있는 셈이려나?

이제 다시 사람을 느낄 수 있다. 인구 대부분이 모여 있는 레이캬비크 근처로 온 것이다. 차가운 바람과 외로움과 싸웠던 아이슬란드 일주가 천천히 막을 내리고 있다. 2,000킬로미터가 넘는 여정이었다. 남은 열흘여의 시간은 그야말로 아무런 일정도 계획도 없는 한량으로 지낼 것이다. 긴 여행으로 흙투성이가 된 차를 몰고 천천히 레이캬비크 시내로 향했다.

사람이란 정말 알면 알수록 이상한 존재이다. 열흘 전 처음 이 땅에 발을 디뎠던 날을 떠올려보았다. 처음 레이캬비크 시내에 도착해서 맞닥뜨린 감상은 '아무것도 없네' 아니었던가. 한산한 모습에 한 나라의 수도라는 게 믿기지 않았다.

'여기 뭐가 있긴 해?'라는 생각이 들며 앞날이 막막해질 정도로 별 인상 없는 도시였는데 아이슬란드 일주 뒤 되돌아온 레이캬비크는 마치 뉴욕 같은 대도시처럼 거대하게 느껴진다. 넓은 도로 양편으로 건물들이 즐비하고 교통신호에 따라 많은 차들이 움직이고 있다. 과속 단속 카메라마저 있다. 세상에! 모든 것은 상대적이고 마음먹기 나름이라는 말이 이렇게까지 피부에 와 닿은 적이 있었던가. 마치 오지 탐험을 하다가 처음 도시에 발을 디딘 사람처럼 눈앞에 펼쳐진 문명의 세계가 신기할 정도로 생경하게 느껴진다. 왜일까. 평생을 도시에서만 살아온 인생이었는데 왜 이렇게 사람이 만들어놓은 풍경이 낯설게 느껴지는 것일까. 그리고 동시에 알 수 없는 그리운 느낌이 드는 걸까. 지나온 여행이 준 경외심과 도시의 안정감 사이에서 묘한 감정의 충돌이 일었다.

야트막한 건물들 사이로 저물고 있는 노을을 바라보며 조용히 혼잣말을 내뱉었다.

"다녀왔어."

매일매일 새로운 모습에 놀랐던 일주였다. 인간이 쌓아온 시간들을 초라하게 만드는 대자연의 위엄을 온몸으로 느끼게 했던 아이슬란드였다. 눈으로 뒤덮여 놓쳤던 풍경과 미지의 내륙에 대한 아쉬움은 다음을 위해 남겨두자. 이 여행이 아직 반도 넘게 남았는데 나는 벌써 다음 아이슬란드 여행을 꿈꾸고 있었다.

레이캬비크에선 아파트에 묵기로 했다. 일주일 넘는 장기 투숙을 해야 하기에 식사도 직접 해 먹을 수 있고 공간도 좀 더 넓은 아파트 쪽이 확실히 합리적이라는 판단이었다. 예약했던 아파트는 시내 한복판에 위치해 있었고 지금까지의 숙소보다 왠지 넓고 호화스러워서 좁은 곳으로 옮겨 경비를 줄여볼까 하는 생각도 했지만 그간의 고생스러운 방랑 생활에 대한 보상 심리가 작용했다. 게다가 '아이슬란드에서 곡 작업을 하겠다'라는 거창한 목표도 있었기에 예쁜 장소에서 좀 더 여유 있는 생활을 하기로 작정했다.

넓은 창으로 바라보는 도시의 밤 풍경이 오랜만이다. 많지는 않지만 그래도 현지인들과 여행객들이 오가는 이 거리는 아이슬란드 여행자들의 출발 거점이자 도착지, 또는 지금부터의 나처럼 다른 나라에서의 일상을 즐기는 곳이 되기도 한다. 또 하나의 새로운 여행이 시작된 것이다. 매일 풀고 싸기를 반복해야 했던 커다란 트렁크의 짐들을 잔뜩 풀어헤쳐 놓아도 된다. 옷걸이에 옷들을 걸고 세탁을 하고 컴퓨터와 악기들을 창가 테이블에 놓아두었다. 여긴 이제 당분간 나의 집이다.

넓은 침대에 누워 LTE와 와이파이의 축복을 잠시 즐기며 뒹굴거리다가 다시 옷을 입고 거리로 나왔다. 건물들이 바람을 막아주어서 인가. 다른 지역들과는 공기부터 왠지 다르다. 여전히 차가운 날씨지만 푸근함을 느낄 수 있다. 얼어붙어 있던 미바튼과 아퀴레이리에서의 밤들이 생각나면서 괜스레 입가에 미소가 떠올랐다.

다르다. 이 도시는 열흘 전과는 분명히 다른 기분을 나에게 전해준다. 처음 이곳에 온 날 온통 낯설기만 했던 삭막한 첫인상은 사라졌다. 거리가 익숙해지기 시작하자 그때는 미처 보지 못했던 아기자기한 건물들과 상점들, 예쁜 카페와 레스토랑, 클럽과 바가 눈에 들어온다. 물론 서울과 비교하면 말도 안 되게 작은 규모지만 그 소박함이 마음에 든다. 이 추운 날씨에(생각해보면 이들에겐 아직 겨울이 아닐지도) 버스킹을 하는 거리의 뮤지션들도 보였다. 어쿠스틱 기타와 트롬본이라는 낯선 조합으로 들려주는 음악을 멍하게 멈추어 서서 들었다. 사람이 만든 세상이 주는 선물이다.

하들그림스키르캬 교회를 오르는 언덕길에 있는 누들 스테이션에서 쌀국수로 늦은 저녁을 먹었다. 이렇게 여러 사람이 모인 공간에서 식사를 하는 것도 오랜만이다. 그곳을 향하던 길에 여행 첫날 묵었던 호텔을 지나치자 나도 모르게 웃음이 나왔다. 이 호텔이 맞는지 수없이 확인하고 두려움 속에 체크인한 낯설었던 작은 호텔. 그때의 시간과 지금의 시간은 어떤 차이가 있는가. 그때의 나와 지금의 나는 어떤 차이가 있는가.

아직 렌터카의 예약 기간이 남아 있었기에 내일 다시 남부를 돌아보기로 했다. 놓쳤던 굴포스와 게이시르도 다시 보고. 일찍 출발해서 시간과 태양이 허락한다면 비크 언저리까지 다녀올 수도 있을 것이다. 그러고 나면 남은 건 레이캬비크에서의 평범한 일상뿐이다. 짧은 시간이라도 여행지에서 현지인처럼 지내보는 것이 매 여행마다 꿈꾸는 나의 가장 큰 로망이다.

내일 어떤 길이 펼쳐져 있을지, 어떤 하루가 될지, 기대와 그만큼의 불안감이 연속되던 나날들과는 다른 밤이었다. 충분히 쉬었다. 오랜만에 느끼는 진정한 휴식의 밤이었다.

또 한편 대자연에 홀로 남겨지는 경험은 내일이 마지막이라고 생각하니 왠지 서운하기도 했다. 역시 사람이란 정말 알면 알수록 이상한 존재이다. ❋

검은색의 해변과 벌판 너머 끝없이 깔린 하얀 빙하의 적막이
완벽하게 나를 둘러싸고 있는 이 순간.
나의 고독이라는 건 무엇인가.
눈앞에 펼쳐진 수만 년의 고독 앞에서
찰나의 삶을 사는 나의 외로움이 갖는 무게는 얼마인가.

세상의 모든 고독
아이슬란드

12

Finally We Are No One

아침이 되어 숙소 문을 열고 나왔을 때 평원이나 호수, 산이 아닌 시
가지 풍경을 보게 되는 낯선 아침이었다. 뼛속까지 도시인인 내가 이
게 낯설다니……. 우스운 이야기 같지만 그만큼 나는 사람이 없는 세
상에 길들어 있었다. 흙바닥이 아닌 보도블록을 밟고 거리로 나왔다.

처음으로 갈 곳은 굴포스. 골든 서클을 이렇게 두 번에 걸쳐 보는
아이슬란드 여행자가 몇이나 될까. 꼼꼼하지 못한 여행 계획이 낳은
결과지만 상관없다. 신비한 게이시르는 어차피 꼭 다시 보고 싶기도
했었다.

도시 외곽으로 나서면 역시나 광활한 지평선이 나를 반긴다. 두

세상의 모든 고독
아이슬란드

번째다. 다음에 다시 보면 또 어떤 기분이 들지 궁금했었다. 아무것도 모르던 때와 어느 정도 이 나라에 대해 알게 된 지금은 역시나 기분이 다르다. 처음 차를 세우고 내렸던 호숫가에 잔뜩 모여 있는 작은 돌탑들도 예사롭게 보이지 않는다. 이 탑들은 아이슬란드 국민과 여행자들의 소망을 담은 것이다. 화산이 터지지 않기를, 이 아름다움이 영원하기를.

남부 최대 규모의 폭포인 굴포스로 가는 길목에 있는 게이시르 앞에 자연스레 차를 멈췄다. 역시나 간헐천이 수십 미터씩 치솟는 모습은 신기하다. 또 역시나 남부에는 관광객이 많다. 그들과 함께 스트로퀴르Strokkur란 이름의 간헐천 앞에 빙 둘러서서 부글부글 끓어오르는 광경을 바라본다. 모두들 카메라를 손에 든 채 숨 죽이며 있다가 물기둥이 수십 미터 치솟으면 환성을 지르고, 가끔 비실비실하게 솟아오르다 말면 탄식을 하거나 야유하며 웃음을 터뜨리기도 한다. 시간 가는 줄 모르는 행복한 순간이다. 이렇게 바닥에 뜨거운 온천수가 끓어넘치는 지대에도 숲이 있고 들판이 펼쳐져 있으며 봄에는 꽃도 핀다고 한다. 자연의 생명력에 알 수 없이 숙연해진다.

게이시르에서 조금만 이동하면 굴포스가 등장한다. 가까운 곳에 이런 명소들이 모여 있으니 과연 골든 서클이라 불릴 만하다. 이동 중의 풍경이 아이슬란드의 다른 지역에 비해 특별히 뛰어나다고 말

하기 힘들지만 '황금 폭포'라는 의미를 지닌 굴포스의 위용은 어마어마했다. 세 단계로 흐르다가 협곡으로 직진해서 쏟아지는 엄청난 수량의 폭포인 만큼 주차장에서 차를 대고 내리자마자 쏟아붓는 폭포 소리가 들려왔다. 폭포가 쏟아내는 물보라가 얼어붙어, 가까이 가는 길목은 통제되어 있었다. 절벽 위에서 내려다보아야 폭포 전체가 한눈에 들어올까 말까 할 정도로 거대한 규모다. 이미 많은 사람들이 모여 굴포스의 장관을 감상하고 있었다. 골든 서클을 일주하는 투어버스로 온 관광객들이다.

세상의 모든 고독
아이슬란드

I WILL NOT SELL MY FRIEND!

In the year 1907 an Englishman wanted to harness the power of Gullfoss for electricity generation. Tómas Tómasson, a farmer in Brattholt at the time, declined the offer saying: "I will not sell my friend."

Later on, the waterfall was leased to foreign investors. The farmer's daughter in Brattholt, Sigríður Tómasdóttir, sought to have the rental contract voided, but her attempt failed in court. The construction of a proposed power plant never happened, and in the year 1929 the rental contract was cancelled due to non-receipt of payments. Sigríður's struggle for the waterfall was selfless and unique. She often worked around the clock to follow up her case, made long journeys along mountain roads, waded across great rivers throughout the year and had many meetings with government officials in Reykjavik. In view of this struggle, Sigríður has often been called Iceland's first environmentalist.

아이슬란드는 얼음의 땅이라기보단 폭포의 땅이라고 부르고 싶을 정도로 많은 폭포를 가지고 있는데, 그것이 이 나라의 신비함에 일조한다. 특히 레이캬비크에서 비교적 가까운 거리에 위치한 굴포스는 외부 투자자들로부터 개발 유혹에 많이 시달렸다고 한다. 폭포 앞 표지판에 쓰인 '난 내 친구를 팔지 않겠다I will not sell my friend!'라는 글귀에서 자연을 대하는 이곳 사람들의 태도를 읽을 수 있다. 이들에겐 막대한 효율과 이윤을 안겨줄 수력 발전소의 건설보다 굴포스 원래의 아름다움을 보존하는 일이 더 중요했던 것이다.

차를 타고 막연히 이동하는 것에 어지간히 익숙해진 시점이기도 했지만 역시나 '마지막'이라는 것이 주는 기분은 이날의 여행을 조금 더 특별하게 만들었다. 결국 다시 비크로 방향을 잡고 남쪽으로 달렸다. 유독 바다를 좋아하는 나로선 역시나 그 검은색의 해변과 서슬 퍼런 바다가 그리웠던 것이다. 또 여행지에 대한 사전 공부 부족으로 지척에 두고도 놓쳐버린 디르홀라에이 Dyrhólaey 의 등대를 꼭 보고 싶기도 했다.

비크로 가는 길은 왠지 익숙하다. 이제 이런 초원과 지평선을 바라보며 달리는 일들이 낯설지 않다. 사람은 금방 익숙해지고 또 금방 잊어버린다. 다시 수많은 건물과 자동차로 뒤덮인 서울의 거리로 돌아가야 하는 나는 지금 지나치고 있는 순간들을 조금이라도 더 마음속에 채워 넣기 위해 안간힘을 썼다.

디르홀라에이를 향하는 길에도 멈춰 설 수밖에 없는 명소들이 있다. 셀리아란스포스 Seljalandsfoss 는 다른 폭포들에 비해 우아한 여성미를 풍기는 폭포였다. 가늘고 길게 고운 선을 그리며 쏟아지는 이 폭포는 물줄기 뒤편으로도 들어가 볼 수 있는 산책로가 있다. 물보라에 몸을 흠뻑 적시며 바라보는 폭포 너머의 풍경이 이채로워 연신 카메라 셔터를 눌렀다(나중에 벌어지게 될 참사는 상상도 못 한 채).

드넓은 초원을 마당으로 삼고 빨간 지붕을 얹은 하얀 집들이 옹기

셀리아란스포스의 안쪽에서 바라본 풍경

종기 모여 있는 마을이 있다. 그리고 그 뒤엔 거대한 얼음산이 그림처럼 아름다운 이 풍경에 방점을 찍어준다. 에이야피아들라예퀴들 Eyjafjallajökull이다. 이 고요하고 평화로운 작은 마을에 비극이 벌어진적이 있었다. 2010년 유럽 전역의 항공을 마비시킨 화산 폭발이 바로 여기서 일어난 것이다. 하늘은 화산재로 시커멓게 뒤덮이고 빨간지붕은 온통 회색 천지가 되었다. 이 평온함을 되찾기까지 오랜 시간과 노력이 들었을 것이다. 화산 폭발 당시의 사진과 번갈아가며 이

평화로운 지금과 화산 폭발 당시 에이야피아들라예퀴들 마을

세상의 모든 고독
아이슬란드

마을을 보고 있자면 운명에 순응하며 살아가는 사람들의 담담함이 느껴진다.

디르홀라에이는 열흘 전 찾았던 비크의 검은 해변 옆에 있는 작은 곳이다. 코끼리 바위라고 불리는 거대한 아치형 암석이 바다를 향해 뻗어 있다. 주변엔 바다와 하늘, 평원 외에는 아무것도 없다. 사람의 손이 닿은 것은 오직 언덕 위에 조용히 올라앉아 있는 등대 하나뿐이다. 바다로부터 날아드는 강풍에 몸이 휘청일 정도이지만 묵묵히 한 걸음 한 걸음 내딛어 등대 주변을 돌며 바다에 시선을 멈췄다.

아이슬란드의 일렉트로닉 밴드인 뭄^{múm}은 그들의 앨범 〈Finally We Are No One〉을 등대에서 만들고 녹음했다고 한다. 수년 전 잡지에서 읽었던 글이다. 이런 곳이었을까. 이렇게 주변에 아무것도 없는 시린 장소였을까. 이 풍경을 바라보는 나의 마음과 등대 안에서 음악을 만들던 그들의 마음은 같은 것일까. 모르긴 해도 이것 하나만큼은 확실했다. 그 제목이 무엇을 말하는지만큼은 나에게 정확하게 와 닿았다.

마침내 나는 아무것도 아닌 존재가 되었다.

고독은 결핍에서 온다. 그러나 결핍은 착각일 수도 있다. 누군가

디르홀라에이의 코끼리 바위와 등대

세상의 모든 고독
아이슬란드

나를 더 봐주길, 생각해주길, 혹은 내가 세상이나 타인과의 관계에서 하나의 어엿한 역할이 되길 바라는 마음은 결국 자기애로부터 시작되는 것이다. 타인의 애정과 관심이 나의 만족에 미치지 못했을 때 느꼈던 결핍을 나는 '외롭다', '고독하다'라는 말로 포장해왔던 것은 아닐까.

진정한 고독은, 진정한 외로움은 어디에 있는가. 어느덧 해가 사라져가고 있는 오후. 왠지 완만한 곡선을 이루고 있는 것처럼 보이는 거대한 수평선 앞에서 시선을 돌리면, 검은색의 해변과 벌판 너머 끝없이 깔린 하얀 빙하의 적막이 완벽하게 나를 둘러싸고 있는 이 순간. 나의 고독이라는 건 무엇인가. 눈앞에 펼쳐진 수만 년의 고독 앞에서 찰나의 삶을 사는 나의 외로움이 갖는 무게는 얼마인가.

헤드폰을 쓰고 사각거리는 노이즈와 속삭임으로 가득 찬 〈Finally we are no one〉을 반복해서 들었다.

마침내 나의 아이슬란드 일주가 막을 내렸다.

마침내 나는 아무것도 아닌 존재가 되었다.　　　　　　✽

PART 2

사람이
있는
곳

세상의 모든 고독
아이슬란드

오늘은 원한다면
아무것도 하지 않아도 되는 그런 날이다.
언제 해가 지려나 노심초사하지 않아도 된다.

세상의 모든 고독
아이슬란드

01

방랑자 다시
도시의 일부가 되다

―――――

늦잠을 잤다. 날마다 해가 떠 있는 시간을 걱정하며 움직이던 그간의 아침과는 전혀 달랐다. 가방 가득 무리해서 꾸역꾸역 챙겨 넣어 왔던 종이팩 소주가 이렇게 유용할 수가 없었다. 그동안은 추위와 외로움을 달래기 위해 마셨다면 지난밤은 나의 아이슬란드 일주가 끝났음을 자축하며 혼자 파티를 열었다.

무슨 일과라도 수행하듯 새벽같이 일어나 하루 종일 이동하고 매번 다른 숙소에서 잠을 자는 생활의 반복이었다. 오늘은 원한다면 아무것도 하지 않아도 되는 그런 날이다. 언제 해가 지려나 노심초사하지 않아도 된다. 레이캬비크는 어두워져도 돌아다닐 곳이 많은 도시

다. 아니, 아직 확신할 순 없지만 그렇게 믿고 있다.

　느린 속도로 샤워를 마치고 커피를 내렸다. 일출을 기다리고 출발을 재촉하지 않아도 되는 오랜만의 여유다. 이곳에서의 느긋한 생활을 위해 이것저것 준비해둬야 할 것들이 있다. 레이캬비크 안에서 가볼 만한 곳들을 검색해야 하고 아파트 주변에서 편안하게 시간을 보낼 만한 카페를 찾아야 한다. 그리고 무엇보다 냉장고에 식재료들을 좀 채워 넣어야 한다. 아파트의 찬장엔 커피와 홍차, 소금을 제외하곤 아무것도 없기에 사두어야 할 것들이 적지 않다. 우선 마트가 어디 있는지부터 찾아야겠다.

아파트가 있는 곳은 레이캬비크 시내의 뢰이가베귀르^{Laugavegur} 거리. 외롭던 시간들에 대한 보상 심리처럼 가장 붐비는 거리 한복판을 택했다. 이 선택엔 뚜렷한 득과 실이 있었는데, 레이캬비크에서 가볼 만한 거의 모든 식당과 바, 상점들이 모두 몰려 있는 거리이기에 차가 없이 걸어 다녀도 어디든 갈 수 있다는 장점과 동시에 밤을 즐기러 나온 젊은이들로 인해 새벽녘까지 잠을 이루기 힘들 정도로 소란스럽다는 문제를 동시에 갖고 있었다. 앞으로도 수없이 이 거리를 오가겠지만 오늘은 최대한 빠짐없이 거리의 곳곳을 훑어보리라 마음먹고 현관을 나섰다.

이 길에서 가장 흔하게 마주치게 되는 것은 '노란색 비닐봉지'를 들고 다니는 여행자들이다. 아이슬란드에서 가장 흔한 슈퍼마켓 중 하나인 보뉘스의 것이다. 아이슬란드를 한 바퀴 돌면서 계속 들었던 생각 중 하나는 '여기 사람들은 뭘 먹고 살지?'였다. 농사를 지을 수 있는 땅도 극히 한정되어 보이고 시골 마을 같은 경우엔 눈이 오면 길이 통제되어 주변을 오가는 일이 불가능한 곳이 많았기 때문이다. 내가 여기 산다고 하면 겨울 내내 먹을 식량들을 창고에 가득 채워두는 것 이외에는 방법이 없겠다고 생각했다. 짧은 시간을 머무는 동안에도 늘 차에 식량을 챙겨둬야 하는 것 역시, 언제 닥칠지 모를 비상 상황에서 대처하기 위해서였고 그래서 큰 마을마다 하나씩 이런 마트가 있다.

이곳의 마트에도 일반적인 식료품들과 잡화, 간편하고 다양한 통조림류부터 반으로 쪼개진 양 머리 같은 뜨악한 식재료까지 모든 게 있었다. 채소나 과일에 비해 육류는 그나마 저렴한 편이어서 고기와 파스타 만들 재료들을 눈치껏 구입했다. 그 어디보다 자주 들르는 곳이 되었는데, 음식이나 통조림에 영어가 쓰여 있지 않으면 가끔 엉뚱한 걸 사는 일이 생겨서 종종 주위 사람들에게 물어보기도 했다.

거리에는 역시나 아이슬란드 관광의 중심지답게 다양한 기념품 점들이 펼쳐져 있다. 한눈에 봐도 중국제 양산품인 듯한 퍼핀puffin(바다오리) 모양의 마그넷과 아이슬란드에는 있지도 않은 북극곰 인형들, 그림엽서는 물론이고 심지어 아이슬란드의 공기를 담은 캔을 팔기도 한다(비싸지만, 청정한 이곳의 공기를 생각하면 살 만한 것인지도). 로드 투어 중에는 실감할 수 없었던 '관광 대국' 아이슬란드의 수도 레이캬비크에 묻어 있는 사람의 흔적이다. 그러나 쓴웃음을 지을 정도는 아니다. 다른 관광지에 비하면 이쯤은 귀여우리만치 소박하다. '나는 아이슬란드어를 할 줄 모릅니다'라고 아이슬란드어로 프린트된 물건이나, 페이스북 타임라인에 써놓은 듯한 디자인의 '나는 아이슬란드에서 엘프와 섹스를 했다!(아래에 '좋아요'도 몇 개 붙어 있다)' 티셔츠의 유머에는 웃을 수밖에 없다. 그리고 여기저기 자리한 디자

인 숍들에서는 최근 유행이라는 그 '북유럽 감성'을 느낄 수 있는 제품들이 가득해서 눈을 뗄 수 없다.

점심 식사를 만들고 냉장고에 음료수와 과일도 채워 넣고 한동안 사용할 양념들도 찬장에 넣어두었다. 아파트엔 커피 메이커가 비치돼 있어 언제든 커피를 내려 먹을 수도 있다. 생활이, 정말 일상적인 생활이 이제 시작되려 한다. 만세!

그런데 계속 마음에 걸리는 것이 있다.

아이슬란드에서 가장 '관광지'스러운 곳이자 유럽에서 가장 유명한 온천이라는 블루 라군Blue Lagoon을 가지 않은 것이다. 여기엔 사실 이런저런 이유가 있었는데, 우선 온천을 그다지 좋아하지 않는 취향 때문이었다. 나름 노력을 해보지 않은 것은 아니다. 그곳 호텔을 이용하면 전용 풀을 따로 사용할 수 있다는 이야기를 들었었다. 그래서 아퀴레이리에 머물 때 블루 라군에서 운영하는 호텔을 예약하려 전화를 걸었는데, 다음 날부터 며칠 동안 객실이 모두 꽉 찼다는 것이었다. 예약 없이 그냥 가면 전 세계인이 모두 들어가는 거대한 단체 욕장을 쓰게 된다. 물론 그것도 누군가에겐 낭만적일 수 있겠으나 나처럼 대중탕이나 사우나를 거의 이용하지 않는 사람에겐 꽤나 난감한 문제인 것이다(군 제대 후 십수 년간 모두가 벗고 있는 곳에 가본 일이 열 손가락에 꼽힐 정도다). 그렇다고 여기까지 와서 안 가보는 것도 참 그렇고……. 남들이 보기엔 정말 쓸데없어 보일 문제로 한참을 고민했다. '죽기 전에 꼭 가야 할 세계 휴양지' 중 하나라고 책에도 나온다는데……. 정말 수영복도 없고 아무것도 없는데 빈손으로 가면 되는 건가? 에라 모르겠다. 가보자.

먼지와 진흙을 잔뜩 뒤집어쓴, 반납일이 얼마 남지 않은 더러운 렌터카를 끌고 다시 한 번 레이캬비크를 벗어났다. 조금만 철저히 준비를 했다면 이렇게 수차례 왔다 갔다 하는 어리석은 동선을 짜지는 않았을 텐데. 아니다. 이제 와서 무슨 그런 후회를……. ※

혼자서 온천욕을 하고
이런 레스토랑에서 스테이크를 썹고 있자니
갑자기 처량한 마음이 들었다.
대자연 속에서 혼자 있는 일과 사람들 사이에서 혼자 있는 일은
정말 분명히 다른 종류의 의미인 것이다.

세상의 모든 고독
아이슬란드

02

비운의 블루 라군

어린 시절 우리들의 절대 미인 부룩 실즈^{Brooke Shields}가 나왔던 80년
대 영화 제목으로밖에 기억에 남아 있지 않은 이름. 심지어 내용도
이제는 가물가물한 그 이름, 블루 라군은 레이캬비크에서 그리 멀지
않은 곳에 있다(물론 영화의 블루 라군과는 다른 곳이다). 별다른 굴곡
없이 단조로운 남서부의 도로를 타고 공항 방향으로 40킬로미터 정
도 달리다 보면 이제는 낯익은, 용암이 녹아 이루어진 대지 라바 필
드^{lava field}가 나타나고 곧 블루 라군이 보인다.

　유럽에서 가장 큰 노천 온천이자 온천을 좋아하는 사람들에게 '가
장 가보고 싶은 온천'으로 꼽히는 곳. 레이캬비크에서 대형 버스를

드넓게 펼쳐진 용암 대지, 라바 필드

이용한 블루 라군 투어가 따로 운영될 정도로 많은 사람들이 찾는 곳이라는데, 아 나는 왜 이렇게 기대감 없이 가고 있을까. 목적지에 도착할 때까지 망설임은 계속되었다.

큰 규모로 잘 정돈된 주차장부터 세련되게 지어진 입구까지 블루 라군은 여태 찾았던 곳들과는 무언가 전혀 다른 느낌이다. 뭐랄까, 정말 '관광지'의 느낌이 물씬 풍긴다. 사실 아이슬란드에서 온천을 만나기란 아주 쉬운 일이다. 아니, 집에서 수도를 틀면 온천수가 콸콸 나온다고 해도 과언이 아닐 만큼 어디에나 지열에 달궈진 뜨거운 물이 흐르고 있는 땅이다. 그중에서도 가장 크게 개발되어 세계인의 발길을 끄는 곳이라니. 그런 안내 문구들마저도 내 취향과는 거리가 있었지만 그래도 오랜만에 보는 화창한 하늘에 기분이 누그러진다.

주차장에서 온천 입구로 가는 길에 뿌연 하늘색을 띤 온천수를 미리 만날 수 있다. 이상한 색깔이다. 크림을 풀어놓은 듯 불투명한 푸른빛, 처음 보는 물 색깔이다. 새삼스럽다. 아이슬란드에 온 뒤로 처음 보는 것에 더 이상 놀라지 않는 사람이 되었다. 염분을 잔뜩 머금은 온천수와 화산석이 만나서 생긴 미네랄로 인해 나온 색이라는 것을 나중에 알게 되었다. 확실히 온천을 즐기는 사람들이 매력을 느낄 만한 부분이 아닐까.

입장료 역시 결코 싸지 않다. 여러 종류의 표가 있는데, 입장만 할 수 있는 기본형부터 여러 추가 사항을 붙일 수도 있다. 제법 줄을 서서 기다리다가 가장 인기 있다는 프리미엄 티켓을 구입했다. 아무것도 가져오지 않은 나에게 목욕 가운과 슬리퍼는 필수적으로 있어야 하니. 가격은 65유로. 비싸기도 하다. 게다가 아이슬란드 화폐인 크로나가 아닌 유로로 적혀 있는 것 역시 이곳이 세계적인 관광지임을 보여주는 것인가. 아니 그런 건 상관없다. 그저 혼자 여기서 놀아야 한다는 상황이 더 난감했다. 여태 다녔던 그 어떤 장소보다도 혼자인 게 어색한 곳이었다. 커플 여행으로 각광받는 곳 아닌가. 사람들과 그들의 목소리로 가득 찬 1층 로비의 진동이 정신을 앗아갔다. 아이슬란드에 온 뒤 처음 겪는 경험이었다.

탈의실에서 옷을 갈아입고 샤워를 마친 후 빌린 수영복을 입고 가운으로 몸을 칭칭 감은 채 온천에 들어섰다. 시설은 훌륭했다. 첨단 시설의 온천. 여행 내내 춥디추웠던 이곳에서 이런 옷차림으로 밖에 나가도 괜찮은 건가? 투덜대며 문을 열자 눈앞에 거대한 하늘색 온천이 펼쳐졌다. 너로구나. 블루 라군. 괜스레 민망한 마음에 서둘러 온천에 몸을 담근다. 바다를 걷는 듯한 우둘우둘하면서도 기묘한 바닥의 감촉. 들어가는 순간 불투명한 물이 몸을 감춰준다. 차가운 바깥 공기 때문인지 수온은 그리 높지 않았고, 차라리 미지근하다는 기분에 가깝지만 기분 좋게 몸에 감기는 물의 느낌이 나쁘지 않았다. 수천 제곱미터에 달한다는 드넓은 부지, 거대한 호수 같은 온천에선 계속 증기가 부옇게 올라와 그 끝을 가늠하기 힘들었다.

용암석과 온천수가 만나 이루어진 하얀 결정들로 만들었다는 실리카 머드가 피부에 좋다고 여기저기 써 붙여져 있었다. 그래서인지 차가운 날씨에도 얼굴에 하얀 진흙을 펴 바르고 목만 물 위로 내밀고 돌아다니는 사람들로 가득하다. 멀리 떨어져 바라보면 좀 웃길 수도 있는 광경이지만, 어느새 나도 친절한 직원이 발라주는 하얀 머드 가면을 쓰고 멍하게 여기저기 돌아다니며 그들 중 하나가 되었다. 따

스한 온천수에 기분이 좋아진 건지, 온천 한가운데 있는 미니바에서
사 마신 맥주 두어 잔 때문인지는 모르겠지만.

　꼼꼼히 둘러보면 덩그러니 온천만 있는 것이 아니다. 한쪽 구석에
여러 종류의 사우나도 있고 실내에는 이런저런 휴게 시설도 잘 마련
되어 있었다. 역시나 그리 뜨겁지 않은 온도 때문이었을까, 사우나도
여기저기 들어가 보며 시간을 보냈다. 온천에서 운영하는 미니바가
문제인지 가끔 취한 사람들도 보였고 나 역시 술에 취한 폴란드 여

자가 끊임없이 말을 걸어와서 곤욕을 치렀다. 남한에서 왔는지 북한에서 왔는지 별것도 아닌 질문을 뭐 그리 신이 나서 소리를 지르며 하는지……. 게다가 미끄러운 타일 바닥 때문에 걷다가 미끄러지는 사람들도 속출한다. 요지경이구나. 보통 들어가면 서너 시간은 너끈히 즐기고 나온다는 이곳에서 결국 두 시간도 채 머물지 못하고 나와버렸다. 다음에 오면 꼭 개인용 풀을……. 아니, 여긴 둘이서 와야 즐거울 곳이다.

염분 때문에 뻣뻣해진 머리카락과 몸을 깨끗이 씻어낸 후 옷을 갈아입고 밖으로 나왔다. 아닌 게 아니라 정말 이 온천이 효능이 있는지 뭔가 개운하기도 하고 피부가 좋아진 기분도 들었다. 어찌 되었건 긴 여행의 여독이 확실히 풀린 것은 사실이다.

로비를 지나면 '라바lava'라는 정직한 이름을 가진 레스토랑을 만날 수 있다. 블루 라군에 속한 식당이다. 내가 산 티켓에는 이곳의 예약과 할인이 포함되어 있었기에 여기에서 저녁 식사를 하고 아파트로 돌아가기로 했다. 큰 유리창을 통해 하늘빛 온천이 보이고 자연석으로 인테리어가 된 근사한 실내의 이 식당은 비싸긴 해도 음식이 훌륭한 편이다. 혼자서 온천욕을 하고 이런 레스토랑에서 스테이크를 썰고 있자니 갑자기 처량한 마음이 들었다. 대자연 속에서 혼자 있는 일과 사람들 사이에서 혼자 있는 일은 정말 분명히 다른 종류의 의미인 것이다.

해가 진 뒤에야 집으로 출발했다. 블루 라군의 자랑인 실리카 머드를 재료로 한 동명의 고가 화장품 매장에서 서울의 지인들에게 줄 선물을 고르느라 시간을 보낸 탓이다. 이젠 조금씩 기념품이나 선물을 구입할 때가 왔다. '모든 것을 즐긴 뒤 나갈 때는 기념품점'이라는 공식이 역시나 이곳에서도 존재했다.

어두운 길을 지나 레이캬비크에 거의 도착할 즈음이 되어서 갑자기 전화기에 켜놓은 구글맵이 먹통이 되었다. 차에 장착된 내비게이션으론 아파트가 검색되지 않았다. 갓길에 차를 세우고 몇 차례 재작동을 해봤지만 결국 푸른 화면을 내보이며 전화기가 꺼져버렸다. 어느 폭포에서 뿜어져 나온 물보라 때문이었을까, 어딘가의 숙소에서 잠에 취해 떨어뜨렸나. 이유는 모를 일이다. 하들그림스키르캬 교회만 바라보며 운전해 우여곡절 끝에 아파트에 도착하여 전화기를 복원하는 데 온 밤을 바쳤지만 끝끝내 전화기는 두 번 다시 작동하지 않았다.

아, 온천은 정말 나랑 안 맞는다.   ✳

정해진 식사 시간이 아니라 여행의 일부처럼 가볍게 걷다가
공복을 달래기 위해 '잠깐 들렀어' 정도의 기분으로 식사를 할 수 있다.
그 편이 훨씬 좋았다.
'이곳의 음식이 맘에 들지 않은 건
결국 그 모든 식사를 혼자서 해야 했기 때문이다'라는
서러운 사실을 인정하고 싶지 않았을지도 모른다.

세상의 모든 고독
아이슬란드

03

물새와 함께 핫도그

눈을 뜰 시간이 되면 항상 같은 상황이다. 사람의 목소리가 들리는 것 이외에는 아무런 효과가 없는 텔레비전은 밤새 켜져 있고 어제 누워서 들여다보던 아이패드가 내 옆에서 같이 잠들어 있다. 전화기는 고장 났고 위층에선 늘 왜인지 이 시간에 쿵쾅거리는 소리가 들린다. 서울의 집에선 맞은편에 새로 짓는 건물 때문에 언제나 아침이면 공사 소음에 잠에서 깼었다. 무려 수개월에 걸쳐 쌓였던 그 긴 짜증이 새삼 떠오르며 침대에서 일어났다. 오래된 건물이니 뭐 어쩔 수 없다지만 며칠째 이러니 도무지 안 될 일이다. 라디에이터도 좀 말썽이었던 터라 오늘은 반드시 집을 옮겨 달라고 할 참이다.

커튼을 걷으면 레이캬비크의 거리. 맞은편의 북카페 테이블엔 이미 사람들이 옹기종기 모여 앉아 브런치를 먹거나 책을 읽거나 한다. 역시나 늦잠을 잤다. 새벽같이 움직이던 부지런한 여행자는 이제 없다. 여기서 머무른 지 5일여가 지난 어느 날 오전이었다. 커피를 내리고 외출 준비를 마친 뒤 데스크를 찾아 방을 바꿔줄 것을 요구했다. 비수기였기에 별문제 없이 방을 옮길 수 있었고 새 아파트로 짐을 옮겨주겠다기에 가방을 놔둔 채 바로 산책에 나섰다. 하루에 두세 번씩 마주치는 아파트 매니저 제시카는 줄담배를 피워대는 무뚝뚝하고 강인한 인상과는 달리 손님들에게 친절했다.

그것이 나의 일상이었다. 도시 이곳저곳을 돌아다니며 한없이 걷

는다. 걷다가 배가 고프면 밥을 먹고 커피를 마시고 사진을 찍는다.
추위를 피할 곳이 자동차밖에 없었던 때가 언제였나 싶을 정도로 안
정된 도시 생활이다. 물론 여긴 도시라고는 하지만 바다 건너 하얀
설산의 비경이 어디서든 보이는 레이캬비크. 자연과 도시가 함께 공
존하는 곳이다. 정들었던 렌터카를 반납한 이후 나는 어디든 걸어 다
녔다. 작은 도시이므로 웬만한 곳은 거의 다 갈 수 있다.

  아침을 주로 먹는 곳은 부둣가에 있는 핫도그 가판대였다. 이곳에
오는 비행기의 기내 모니터에서 보았던 '아이슬란드에서 가장 유명
한 레스토랑'. 수십 년의 역사를 지닌 곳이라 하며 언제든 식사 시간
즈음에는 현지인들과 관광객들이 함께 줄을 서야 하는 곳이다. '이

특별할 것도 없는 걸 뭘 이렇게 줄까지 서가며 먹지?'라는 생각이 들 정도로 처음엔 그리 대단하게 생각되는 맛이 아니었다. 여행 중 즐겨 찾던 N1 주유소 안에 있는 식당에서 파는 핫도그보다 조금 나은 정도? 그럼에도 이상하게 자주 오게 된다. 양고기로 만든 소시지가 들어간 핫도그 하나와 스프라이트 한 잔을 들고 가판대 앞에 서서 바다 너머 하얗고 길게 자리 잡은 산을 바라보며 먹는다. 물가 대비 저렴한 가격도 장점이겠지만 이곳이 유명하다는 걸 쉽게 납득할 수 있을 만큼 나머지 아이슬란드 음식들은 전체적으로 좀 별로였다.

생각해보면 그렇다. 그 나라의 맛있는 음식을 즐기는 일은 여행에서 의외로 큰 비중을 차지한다. 때로는 단순히 그것만을 위해 여행을 떠나는 사람들도 있지 않은가.

나 역시 맛있는 음식을 먹는 것을 인생에서 아주 중요한 의미로 생각하는 사람 중 하나인데, 이번 여행을 돌이켜보면 음식을 먹는 일은 '허기를 달래는 일' 이외엔 다른 큰 의미가 없었다. 어떤 이들은 아이슬란드의 음식을 가리켜 '영국 음식과 맞먹는다'라고 표현하고 솔직히 나도 그것에 동의할 수밖에 없다. 세계 최고 수준의 청정 환경을 가진 곳인 만큼 식재료들은 모두 신선하고 훌륭했으나 이상하게도 요리들은 평범한 맛을 벗어나지 못했다. 그리고 무엇보다 너무 짰다. 늘 맛있긴 하지만 좀 짜다고 생각했던 일본 음식과 비교해도 심하게 짜다. 미각에 치중하지 않는 것은 추측건대 척박하고 인구가 많지 않아 타 지역과의 잦은 왕래가 힘든 환경과도 관련이 있을 것이다. 예전부터 '보존성'을 중요하게 여긴 나라답게 말린 생선이나 딱딱하게 마른 빵, 심지어 한국처럼 '삭혀 먹는' 음식도 있다. 또한 80여 종의 치즈를 자랑한다고도 한다.

모든 나라에는 '전통 음식'이라고 할 만한 것들이 있다. 아이슬란드에는 풍부한 각종 해산물들과 방목되는 양, 그리고 밍크고래를 사용한 요리들이 있다(북대서양과 남극에서의 개체 수 증가로 인해 국제자연보전연맹에서 밍크고래를 멸종위기 종에서 제외한 뒤, 2010년부터 아이슬란드와 노르웨이 등의 일부 북유럽 국가들이 상업 포경을 재개했지만 여

빵, 말린 생선과 곁들여 먹는 하우카르들

전히 논란의 소지는 있다).

관광객을 상대로 한 마케팅처럼 보이지만 '전통식'이라 불리는 검은색 호밀빵과 하우카르들Hákarl을 판매하는 곳도 있다. 상어 고기를 삭혀서 먹는 음식인 하우카르들은 세계 혐오 음식 10선 중에서도 상위권을 차지하는 악명을 떨친다던데 내 입엔 그냥 '홍어 맛'이었다. 홍어를 즐기는 사람이라면 위화감 없이 먹을 수 있지만, 이걸 막걸리가 아닌 빵과 마른 생선포와 함께 먹는다는 게 함정.

트립어드바이저는 물론이고 한국의 여행 블로그에서도 소개될 정도로 유명한 시바론The Seabaron의 바닷가재 수프는 또 어찌나 짠지……. 정작 이곳 사람들은 샌드위치나 감자튀김 같은 평범한 음식들을 먹고 사는 것 같은 느낌이다.

물론 여기엔 양식보다 한식이나 아시아 음식을 즐기는 내 취향도 반영되었겠지만 결국 이곳에서 내가 자주 찾은 음식은 태국식 쌀국수였다. 여행 기간 자주 찾았던 태국 식당 누들 스테이션은 나뿐만 아니라 여행객과 현지인이 자주 찾는 곳이다. 먼저 다녀왔던 사람들에게 많은 추천을 받기도 했고 무엇보다 차가운 날씨에 몸을 녹일 수 있는 국물과 풍성하게 얹어 나오는 고기 고명이 아저씨 입맛인 나를 사로잡았다. 다른 식당에 비해 비교적 늦은 시간인 10시까지 영업을 하는 것도 장점이다(이곳 사람들의 근로 시간은 매우 짧다). 한국

레이캬비크의 식당 시바론과 그곳의 음식들

돈으로 12,000원 정도의 가격. 한국에선 비싼 편이지만 이곳에선 음식을 직접 가져가고 빈 그릇을 가져다줘야 하는 저렴한 식당이다. 하지만 한국에 있어도 이 돈을 내고 가끔 가고 싶어질 맛이었다. 그러나 이게 아이슬란드에서 먹은 가장 맛있는 음식이라 생각하면 좀 씁쓸해진다.

그래서 결국 다시 핫도그 가판대를 찾는다. 햇살이 비치는 날에는 부둣가의 선박들과 바다가 반짝거린다. 주변을 걷는 사람들의 표정이 화창하다. 무엇보다 혼자 서서 먹는 나 같은 사람들이 많다. 혼자서 식당 문을 열고 들어가 자리 잡고 앉는 어색함을 느끼지 않아도 돼서 좋다. 한 개는 한 끼 식사로 하기에 부족하고 두 개는 좀 많은 듯한 어중간한 이 핫도그의 한 귀퉁이를 떼어 바닥에 놔두면 부두 주변을 날

아다니던 새들이 모여들어 빵 조각을 쪼아댄다. 정해진 식사 시간이 아니라 여행의 일부처럼 가볍게 걷다가 공복을 달래기 위해 '잠깐 들렀어' 정도의 기분으로 식사를 할 수 있다. 그 편이 훨씬 좋았다. '이곳의 음식이 맘에 들지 않은 건 결국 그 모든 식사를 혼자서 해야 했기 때문이다'라는 서러운 사실을 인정하고 싶지 않았을지도 모른다.

스타벅스와 맥도날드가 없는 도시.
사람에 치여가며 걷는 일이 없는 도시.
그렇게 오늘도 그런 길을 걸어 다녔다.

그리고 생각했다.

이런 거리에서 이런 풍경을 보며 살 수 있다면 그렇게 맛있는 음식 같은 거 없어도 상관없지 않겠느냐고.   ✳

단순했다.
비싼 돈을 들여 리모델링이니
인테리어를 새로 하니 하는 그런 이야기가 아니었다.
그냥 벽에 그림을 다시 그린다.
그것만으로도 충분히 이 카페는 새롭게 태어난다.

세상의 모든 고독
아이슬란드

04

그려진 도시

여행을 하며 신기했던 것 중 하나는 사람도 별로 없는 거리의 표지판이었다. 한적한 마을에도 유난히 이런저런 낙서들이 많았다. 가끔은 '여기까지 어떻게 찾아와서 이걸 그렸지?' 싶을 정도의 외진 곳에도 꼼꼼하게 그림이 그려져 있었다. 다시 돌아온 레이캬비크는 사실 색채로 넘쳐나는 도시였다. 이렇게 작은 도시에 레코드점과 박물관, 서점이 그토록 많은 것이 그저 한없이 부럽기만 했다.

레이캬비크의 중심가 부근에서만도 크고 작은 갤러리나 박물관이 셀 수 없이 보인다. 걷다 보면 쇼윈도에 그림이 걸린 갤러리들을 계속 지나치게 되고 현대미술관처럼 제법 큰 규모를 가진 곳도 종종

세상의 모든 고독
아이슬란드

만나게 된다. 거리를 걷다 전시관이 눈에 보이면 어디든 들어갔다. 어디든 약간의 입장료를 내면 혹은 무료로 편안하게 작품을 둘러볼 수 있다.

그러나 무엇보다 인상적이었던 것은 지나치는 흔한 건물들, 놀이터의 미끄럼틀, 아무렇게나 놓인 바위 하나하나마다 빠짐없이 새겨진 거리의 미술들이었다. 마치 십수 년 전의 홍대 거리를 연상시키듯 미술이 액자와 건물 안에 봉인되어 있지 않고 사람들의 숨결 사이에 스며들어 있었다. 놀랍고도 부러운 일이었다. 이미 나라 전체가 미술 작품 같은 풍경을 가진 곳에서 이 적은 인구의 사람들이 이렇게 자신들의 예술을 거리에 아로새기고 있다는 사실이 말이다.

아파트 옆 거리 모퉁이에 있던 카페의 청년은 며칠 동안 초록색이던 건물 벽을 하늘색으로 칠하고 있었다. 카페 주변 인도의 보도블록 몇 개도 같은 색으로 칠했다. 그게 며칠 동안 그의 업무였다. 겨울 내내 그 카페의 하늘색 벽은 아이슬란드의 먹구름 낀 날씨를 대신해 하늘이 되어줄 것이다. 그렇게 누가 시키지 않아도 조금씩 조금씩 그들은 거리를 색깔로 물들이고 있었다. 가게 안에는 손님들뿐, 다른 직원이 없었다. 그에게 말했다.

"샌드위치를 사 가고 싶은데……."

"아 미안해, 근데 나 이 부분만 다 칠하고 만들어주면 안 될까?"

"그래 그렇게 해"

나는 그 옆의 벤치에 앉아 한동안 페인트칠하는 것을 바라보았다. 나에게도 그에게도 바빠서 보챌 일은 하나도 없는 오후였다.

"나 며칠 전부터 지켜봤거든? 원래 있던 초록 벽에 노란 별 그림도 좋았는데 왜 이걸 굳이 다시 칠하는 거야?"

"이제 곧 추워지잖아(이미 추워. 이 양반아). 좀 산뜻하게 해보려고. 따뜻해 보이면 기분도 좋아지잖아?"

단순했다. 비싼 돈을 들여 리모델링이니 인테리어를 새로 하니 하는 그런 이야기가 아니었다. 그냥 벽에 그림을 다시 그린다. 그것만으로도 충분히 이 카페는 새롭게 태어난다. 오래되고 낡은 건물로 가득한 이 거리를 그들은 이렇게 조금씩 리모델링하고 있는 것이다.

그래서인지 서울에 돌아와 레이캬비크에서 찍은 사진들을 정리해보니 유난히 건물에 그려진 그림들이 많이 보였다. 진홍색 벽에 푸른색 지붕, 분홍색 창문을 가진 집들, 주차장 벽에 그려진 그림들. 가게마다 개성적인 인테리어와 그림들, 메시지들, 이야기들이야말로 대자연뿐이라 생각되었던 이곳에서 살아가는 '사람이 있음'의 증거이다.

다시 한 번, 서울에도 그렇게 문화와 예술이 거리에 가득했던 적이 있었음을 추억해본다. 한때 홍대 주차장 거리에, 신사동 가로수길에, 여기저기 작은 작업실들이 있었고 그들의 결과물이 거리에 묻어 있었다. 음악을 만드는 나 역시 그림 그리는 친구들, 사진 찍는 친구들과 함께 이곳저곳 카페와 술집을 떠돌아다니며 웃고 떠들고 재밌는 작당을 했었다. 그렇게 길을 지나다 보면 우리는 언제나 우연히 마주치고 인사를 건넬 수 있었다. 그들은 모두 어디로 간 걸까. 아니 어디로 가야 했던 걸까.

거리 한쪽에 신축 건물 공사장이 있었다. 부지를 봐서는 꽤나 큰 건물이 들어설 것 같은 느낌이었다. 길 건너편에 있는 미래적인 건물 하르파Harpa 같은 신축 빌딩이 들어서려나? 반짝이는 수정 같은 유리창으로만 이뤄진 하르파는 물론 아름답고, 내부엔 디자인숍이나 콘서트홀 같은 문화 시설로 가득한 좋은 공간이었지만 이상하게도 이 도시와는 그다지 어울리지 않는 느낌이었다. 그 공사 부지 부근의 건물에는 파랗게 칠해진 벽에 하얀 페인트로 이런 글귀가 커다랗게 쓰여 있었다.

MONEY DESTROYING ART AND CULTURE.
자본이 예술과 문화를 망치고 있다.

그래, 지켜낼 수 있을 때 지켜내면 좋겠다.   ✳

식당에서, 작은 술집에서,
심지어 호스텔의 로비에서도 공연이 펼쳐진다.
눈을 뜨면 눈앞에 펼쳐지는 정경들을 사진에 담듯,
글로 쓰듯 음악에 담아내고 있었다.
여기에 오래 머문다면 나도 그런 음악들을 그릴 수 있을까?

세상의 모든 고독
아이슬란드

05

공기가 음악이 되었다

2013년 5월 어느 날의 일이다. 음악을 하며 친해진 오랜 동생들과 시규어 로스의 공연을 보러 잠실로 향했다. 모두가 기다리던 공연이었다. 순수한 팬으로서 그들의 음악을 라이브로 들을 수 있다는 설렘과 뮤지션으로서 그들 특유의 사운드를 무대에서 어떻게 조화롭게 구현하는지에 대한 호기심으로 공연 시작 전부터 두근거렸다. 아련한 영상과 조명이 함께한 그들의 공연은 시작부터 끝까지 '숨이 멎을 것처럼' 아름다웠다.

공연이 끝나고 홀을 나서며 다들 잠시 동안 멍해져 있었다. 노력해서 음악을 하는 게 아니라 그 어떤 '선택'에 의해 곡을 쓰고 노래를 부르는 것 같은 욘시의 모습이 머릿속을 쉬이 떠나지 않았다. '음악은 그런 사람들만 해야 하는 건가……' 하는 생각도 들었고, 그날 밤 술에 취해 트위터에 '그냥 다른 직업이나 알아봐야겠다'라는 감상을 썼던 기억이 난다.

생각해보면 그렇다. 서울에서 듣던 아이슬란드 출신 아티스트들의 음악은 무언가 확실히 달랐다. 꿈을 꾸는 듯한 멜로디는 둘째 치더라도 알 수 없는 이상한 아우라들을 풍기고 있다. 그것은 마음을 치유하는 따스한 안정감으로 다가오기도 하고 괴이한 불안감으로 느껴지기도 하며 '이 세상의 것이 아닌' 듯한 몽환을 불러일으킨다. 비요크가 그랬고 시규어 로스가 그랬으며 한국에서도 적잖은 팬을 보유하고 있는 올라퍼 아르날즈부터 뭄, 거스 거스Gus Gus 등의 일렉트로닉 아티스트까지 다양한 장르의 음악들 사이에서 흐르는 공통적인 정서다. 이런 세계적인 인지도를 가진 아이슬란드 뮤지션의 수가 결코 적지 않다. 인구 30여 만에 불과한 나라라는 걸 생각하면 정말 놀라운 숫자다. 그래서인지 사람들은 농담처럼 '아이슬란드 사람들은 모두 음악을 한다'라고 말한다.

물론 아이슬란드의 모든 사람이 음악을 하지는 않지만 많은 사람이 음악을 좋아하는 건 사실이다. 레이캬비크에서의 한량 생활 중 맨 처음 놀랐던 사실은 이 작은 거리에 크고 작은 레코드점이 십여 군

데나 자리하고 있다는 것이었다. 한동안 그 가게들을 돌아다니는 것만으로도 한없이 즐거울 정도였다. 잡다하게 들여다 놓은 가게부터 특정 장르에 특화된 곳까지 다양한 레코드점을 둘러보는 재미는 지금의 한국에서는 거의 누릴 수 없게 된 즐거움인지라 더 각별했다.

CD의 가격은 평균 3,000크로나 정도로 비싼 편이다. 한국 돈으로 치면 3만 원 정도로, 전체적인 물가가 비싸긴 하지만 CD 가격이 일본과 맞먹을 정도로 비싸다. 하지만 어딜 가든 손님이 있었고, 음악에 대한 이런 가치 존중이 아이슬란드처럼 작은 나라에서 활발히 음악 산업이 유지될 수 있는 이유일지도 모른다. 러키 레코드를 비롯

한 몇몇 가게에선 저렴한 가격에 중고 CD를 팔기도 해서 여기저기
돌아다니며 조금씩 앨범들을 구입했다. 음악을 만들고 그것이 합당
한 대접을 받으며 판매되고 있기에 뮤지션들의 생계가 가능해지고
음악계가 왕성해진다.

　가장 인상적인 장소는 12토나르12Tónar였다. 이곳은 레코드점이
자 자국 아티스트의 음반을 제작하는 레이블이기도 하다. 유명한 곳
이라 그런지 자신들의 로고가 그려진 에코백이나 티셔츠 같은 상품

들도 판매하고 있고, 하르파 내에 분점도 운영한다(그러기엔 너무 가까운 거리인데도). 본점은 파란 지붕의 낡고 예쁜 집 1층과 반지하층을 매장으로 쓰고 있다. 1988년에는 아이슬란드의 아이돌 스타였던 비요크의 앳된 공연 사진이 창문에 붙어 있어 눈길을 끈다. 자신들이 제작한 앨범은 물론이고 한국에서도 살 수 있는 앨범들에, 아이슬란드의 민속 음악까지 다양한 라이브러리를 갖추고 있어 둘러보는 것만으로도 눈이 즐거워진다.

그러나 이곳이 음악을 좋아하는 여행자들에게 인기 있는 이유는 단순히 그것 때문만이 아니다. 바로 듣고 싶은 음악을 원 없이 들어볼 수 있다는 것. 음반을 골라 매장 한편에 마련된 방으로 가면 비치된 CD플레이어와 헤드폰으로 소파에 느긋이 앉아 눈치 보지 않고 그냥 케이스를 열어 음악을 들을 수 있다. 그러면 주인아저씨가 즉석으로 에스프레소 한 잔을 내려 대접해준다. 심지어 음반을 사지 않고 그냥 듣다만 가도 된다! '뭐지 여긴 천국인가?' 싶은 생각마저 들었다. 물론 왠지 모를 폐 끼치는 느낌을 싫어하는 소심한 나는 서너 장의 앨범을 신중하게 골라 들어보고 그중 한 장을 사서 나오곤 했는데, 이것은 레이캬비크에 머무는 동안 하루도 빠짐 없이 반복되는 일과가 되었다(여행에서 돌아온 뒤 12토나르에서 발매되는 앨범들은 한국에서도 구입할 수 있다는 사실을 알게 되었다).

긴 여행으로 인한 피로와 외로움으로부터 구제해준 12토나르와 여러 레코드점들로 인해 음악에 대한 열정이 이역만리에서 다시 불붙었다. 사실 이곳으로 떠나오기 전까지 나를 괴롭히던 것은 음악이었다. 두 편의 영화 음악 작업을 거의 동시에 진행해야 하는 무모한 계약을 했고 믿어준 분들을 배신하지 않기 위해 다른 일들을 접어둔 채 그 작업에만 매진했었다. 앨범을 만드는 일이 온전히 자신과의 싸움이라면 영화 작업은 거대한 시스템 안에서 자신의 역할을 해내야 하며 최종 판단은 내가 아닌 감독과 제작사가 하는 것이다. 그렇기에 인정받는다는 뿌듯함과 '왜?!'라는 혼돈이 하루에도 몇 번씩 교차하는 스트레스의 나날들이 몇 달 동안 반복되었다. '이것만 끝나면 정말 당분간 아무것도 안 해야지!'라는 위안으로 하루하루를 버텼다.

한동안 음악을 듣는 것마저 싫어졌던 내가 가져온 음악들을 들으며 길고도 고독한 아이슬란드의 길을 달렸다. 수없이 들어 인이 박였던 음악도 이곳에서 완전히 새롭게 들리기도 했다. 느리게 흐르는 시간과 북쪽의 풍광이 음악을 바꾼 게 아니라 그것을 듣는 나를 바꾸어준 것이리라. 차창을 때리는 바람 소리와 함께 흐르던 음악들이 나의 외로움을 위로하고 깊은 시름을 잠재워주었다. 주말마다 크고 작은 여러 클럽들에서 벌어지는 레이캬비크의 라이브 공연들이 나를 흥미롭게 했다. 잘하고 못하고가 중요한 게 아니라 그 장르적 다양성

과 그것을 즐기는 사람들의 열린 마인드가 나를 감탄하게 했다.

다시 음악을 만들고 싶다. 다시 악기를 만지고 싶다. 이런 의욕이 생기며 이번엔 악기 가게들을 뒤지기 시작했다. 구글에서 찾은 주소대로 뢰이가베귀르 거리에서 아인홀트 거리까지 한 시간여를 걸어 제법 큰 규모의 악기사를 찾았다. 시내를 벗어나면 거리를 지나다니는 사람마저 거의 없어 유령의 거리를 걷는 듯한 기분마저 들었지만 구글맵을 믿으며 가까스로 발견한 가게는 의외로 현대적인 인테리어와 넓은 공간을 갖고 있었다.

솔직하게 느낀 점은 아이슬란드의 악기 시장 규모가 한국보다 훨씬 작다는 사실이다. 음악을 만드는 사람들의 제작 환경은 부족한 데 반해 음악을 듣는 사람들은 많다. 한국과 정반대의 시장이라는 생각이 들어 입맛이 썼다. 악기사에서 역시 자유롭게 악기들을 테스트해볼 수 있었지만 내가 바라던 '아이슬란드산'의 악기는 없었다. '이곳에서만 구할 수 있는 악기를 사고 싶다'라고 문의했으나 적당한 것이 없었다. 아니 더 정확히 말하면 한국이나 혹은 가까운 일본에서 구할 수 있는 악기나 음향 장비들의 다양성과 품질이 훨씬 더 압도적이라고 할 수 있을 것이다.

세계인이 즐겨 듣고 뮤지션들이 동경하는 '아이슬란드 음악' 안에 숨겨진 비밀은 이 나라 자체의 공기이다. 여기는 미국이나 영국처럼 발전된 음악 시장이나 드넓은 공연 시설을 가진 나라가 아니다. 어쩌면 클럽이건, 공연장이건, 레이블의 수건, 악기 시장이건 한국보다 더 한정적이라고 볼 수 있는 환경 속에서도 그들은 자신들의 자연을 닮은 음악을 자유롭게 만들어내고 있었다. 식당에서, 작은 술집에서, 심지어 호스텔의 로비에서도 공연이 펼쳐진다. 눈을 뜨면 눈앞에 펼쳐지는 정경들을 사진에 담듯, 글로 쓰듯 음악에 담아내고 있었다. 여기에 오래 머문다면 나도 그런 음악들을 그릴 수 있을까?

주말 밤, 자주 들르던 위스키 바의 2층에서 라이브 공연이 있었다. 모시 뮤직Mosi Musik이라는 이름의 밴드. 며칠 전부터 거리 곳곳에 붙

어 있는 분홍색 포스터를 보고 찾아오게 되었다. 별것 없는 간소한 장비와 서른 명 남짓한 관객이 좁은 공간을 꽉 채우고 있다. 이방인 은 나뿐인 듯, 모두 서로 오랜 친구처럼 보이는 그들은 웃으며 공연 을 즐긴다. 공연을 하는 사람도 보는 사람도 모두 행복하다. 그런 마음으로 무대를 대했던 적이 언제였나 생각해보았다.

고민 없이 즐거움만 가득했던 시절로 돌아간 듯했다. ✳

수평선을 보면 마음이 답답해지곤 했다.
세상의 끝에 몰린 사람 같은 기분이 되었다.
여기서 더 나아갈 수 있는 곳이 없다는 생각이 들었다.
그곳에선 내가 하고 싶은 것들을 모두 펼쳐낼 자신이 없었다.

세상의 모든 고독
아이슬란드

06

죽음은 늘 삶과 가까이에 있다

레이캬비크에 온 뒤 갑작스럽게 눈이 쏟아지거나 비가 흩뿌리는 일은 상대적으로 줄었지만, 여전히 이곳은 흐린 하늘이 더 익숙한 곳이다. 많은 시간이 흐른 후에 내가 이 도시를 '회색 하늘'로만 기억한다면 조금 우울해질지도 모를 일이지만.

그날은 평소보다 거센 바람이 불었고 나는 언제라도 비가 쏟아질 듯 잔뜩 찌푸린 하늘 아래를 한참 동안 걸었다. 레이캬비크에 머문 이후 가장 날씨가 안 좋은 날이었다. 그 어느 때보다 많은 시간을 걸었던 날이기도 하다. 하들그림스키르캬 교회 뒤편 북쪽 끝부터 저 멀리 계속 눈에 띄는 건물이었던 동그란 돔, 페르들란^{Perlan}을 향해 거의 레이캬비크의 절반 정도를 걸었다. 전화기는 여전히 고장 났고, 수리 역시 포기한 지 오래되었다. 시내가 그려진 종이 지도 한 장을 들고 그냥 막연히 걸어갔다. 중심가를 벗어나면 알록달록함은 조금씩 사라지고 무채색의 메마른 거리를 만나게 된다. 높은 지대에서 내려다보는 도시 전망은 바라보는 방향에 따라 무척 느낌이 다르다. 레이캬비크 전체에 지열수를 공급하는 곳이라는 거대한 돔 건물 페르들란에서 바라보는 반대쪽 레이캬비크는, 낭만적이고 아름답게만 보였던 그간의 모습과는 다르게 알 수 없는 어두움과 삭막함이 느껴졌다.

그것은 물론 그날의 날씨 때문이었을 수도 있다. 아니, 이곳에 머무는 시간이 길어지면서 이 도시의 이면들을 보거나 그것에 대해 생각하는 시간이 늘어났기 때문일 수도 있다. 아무튼 그날은 오전부터 기분이 매우 가라앉아 있었다. 아기자기한 동화 같은 거리 풍경은 사실 모두 이방인들만을 위한 것이고 정작 이곳 사람들은 무채색의 주택 단지에서 살아가는 게 아닐까. 짧은 시간 여행하는 나와 이곳에서 사는 사람들이 과연 같은 기분으로 이 풍경을 보고 있는 것일까.

어린 시절을 부산에서 보냈다. 십수 년 전 내가 음악을 곧잘 하는 것 같다는 착각과 근거 없는 자신감에 빠져 서울로 올라와 활동을 하기 전까지 부산이라는 도시와 바다는 나에게 지금처럼 낭만적인

존재가 아니었다.

수평선을 보면 마음이 답답해지곤 했다. 세상의 끝에 몰린 사람 같은 기분이 되었다. 여기서 더 나아갈 수 있는 곳이 없다는 생각이 들었다. 그곳에선 내가 하고 싶은 것들을 모두 펼쳐낼 자신이 없었다. 철없는 마음에 아무것도 없다고 느껴지던 그곳의 고립감을 떠나 '더 큰 세상으로의 탈출'을 꿈꾸었다.

여기 사람들은 어떨까. 이방인들의 생각처럼 이들에게도 이곳이 현실의 탈출구이자 이상 세계일까. 북쪽 끝에 위치한 사면이 바다에 가로막힌 작은 섬나라. 도시가 아니라면 마을 인구가 수백 명도 되지 않는 군락 안에서 살아가야 하는 곳. 그래서 외로움의 상징 같은 곳. 높은 곳에 올라서면 어디서든 보이는 북쪽의 잿빛 바다는 혹시 그들에게 내 어린 시절 부산의 바다 같은 일종의 '벽'은 아닐까.

전망대에서 내려와 건물 밖으로 나오자 바람이 더 심해졌다. 몸이 날아갈 듯한 이런 강풍은 레이캬비크에 온 뒤로는 처음이었다. 온몸으로 바람을 받으며 계속 걸었다. 전화기가 없으니 걸어 다니며 음악도 들을 수 없기에 빨갛게 된 귓가에선 차가운 바람 소리만 윙윙거렸다. 으슬으슬한 날씨 탓이었을까, 이상하게 기분이 안 좋았다. 이 작은 시내에 열세 개나 되는 박물관 중 한 곳을 잠시 둘러본 후 다시 중심가로 걸음을 옮겼다. 아직 초록 잔디밭이 남아 있는 공원을 지나 반 정도 얼어붙은 호숫가로, 그리고 호수 맞은편 주택가까지 걸었다. 하루에 이렇게 많은 거리를 걸은 것은 아마 여태 살아온 인생 중에서도 손에 꼽힐 터였다.

이곳 사람들이 살고 있는 집들이 옹기종기 모여 있는 골목을 걸으면 여행자들은 더더욱 찾아볼 수 없게 된다. 이제 자연스럽게 여행자와 현지인을 구분할 수 있게 되었다. 담 없는 집이 많아 얕은 울타리 너머 정원에 아무렇지도 않게 놓인 아이들의 자전거나 잔디 깎는 낡은 기계들을 보고 있으면 이른바 '생활감'이 느껴진다. 오직 나만이 이 거리를 모델하우스 방문객인 양 낯설게 둘러보고 있을 뿐이다. 내가 '이방인'이라는 사실이 더 확실하고 따끔하게 와 닿는 순간이었다.

먼발치에서 그들의 평범한 생활을 엿보고 있자니 지저분하게 널브러져 있는 것처럼 보이지만 모든 것이 나름의 질서와 규칙에 의해 정리되어 있는 서울의 내 공간이 그리워졌다. 그 작은 공간을 축으로 나와 관계를 맺으며 살고 있는 사람들, 내가 혼자가 아님을 느끼게 해주었던 고마운 사람들, 나를 혼자라는 외로움 속에 몰아넣었던 사람들, 그리고…… 사람들. 모두 잘 지내고 있을까.

모퉁이에서 다시 공동묘지와 마주쳤다. 남쪽을 여행하면서 덩그러니 세워진 교회 옆 나란히 있던 작은 묘지 이후 두 번째다. 주택들이 잔뜩 모여 있는 길모퉁이 한 블록 전체가 공동묘지로 이루어져 있다. 꽤 큰 규모의 묘지가 왠지 낯설게 느껴졌다. 이렇게 아무렇지도 않은 듯 주거지 옆에 나란히 자리 잡은 큰 묘지는 처음 보았다. 한국에선 쉽게 상상할 수 없는 일이다. 언제 비가 쏟아진대도 이상할 것 없는 먹구름 낀 하늘 아래 짙은 숲을 드리운 묘지는 팀 버튼 영화의 한 장면처럼 다소 괴기스럽고 을씨년스러운 풍경이면서도 동시에 묘하게 아름다웠다.

왜 이질감을 느꼈던 걸까. 태어나는 것이 어쩔 수 없는 자연스러움 속에서 발생하듯 죽음 역시 그러한 것인데 왜 이렇게 나란히 놓인 사람들의 삶과 죽음 사이에서 알 수 없는 이질감을 느낀 것일까.

자신들의 가족들을, 친구들을, 그들이 떠난 뒤에도 곁에 가까이 두려는 마음인 걸까. 삶과 죽음 사이를 아무렇지도 않게 걸어가는 기분이 들게 만들던 이상한 회색 길이었다. 그래, 어쩌면 멀리 있는 것보다 이렇게 가까운 곳에 먼저 떠난 사람들이 머무는 것도 괜찮을지 모른다. 그렇게 자연스럽게 언제든 찾아올 이들을 맞이하는 것도 좋을 것이라고, 그렇게 생각했다.

하루 종일 쉴 새 없던 느린 걸음을 멈추고 아파트로 돌아온 늦은 오후, 인터넷을 통해 신해철 형님의 부고를 접했다. 내가 만들고 있던 음악을 흥미롭게 들어주셨던 수년 전 만남을 시작으로 이런저런 사연들과 이야기들을 쌓으며 지내왔던 형이다. 대중에겐 영원한 철부지처럼 보일 정도로 누구보다 소년 같은 사람이었기에 건강이 좋지 않다는 소식을 접했을 때도 그렇게 크게 걱정하지는 않았던 게 사실이다. 언제든 대수롭지 않게 일어날 수 있는 사람이라고 믿었으니까. 한동안 내 눈을 의심하며 타임라인을 훑어나가고 뉴스를 검색했다.

그날 아주 늦은 밤까지 아무것도 하지 못했다. 한없는 고립감에 휩싸였다. 이 차갑고 먼 곳으로 전해진 부고는 한없는 무력감을 주었다. 언제든 시간이 있다 믿으며 자주 연락을 하지 못한 내가 죄스럽게 느껴졌다. 무엇보다 조문조차 갈 수 없다는 사실이 괴로웠다. 이곳이, 이곳에 온 내가 싫어지는 순간이었다. 텅 빈 방은 왠지 더 크게 느껴졌고 밤거리에서 술에 취해 환성을 지르는 사람들의 목소리가 그 어느 때보다 크고 거슬리게 들렸다. 지금 여기서 슬픈 사람은 나 혼자뿐이라는 사실이 나를 더 슬프게 했다.

나란히 하건, 멀리 하건 죽음을 받아들이는 것은 힘든 일이고 남겨진 사람들이 일상을 살아가는 것 또한 쉽지 않은 일이다. 시간이 지나 담담하게 그날의 일들을 써 내려가고 있는 지금도 마음 한구석의 죄스러움은 사라지지 않는다. 만취해 눈물을 쏟아내던 그날 밤의 온도와 별 하나 보이지 않던 레이캬비크의 밤하늘과 무언가를 예고하기라도 했던 듯한 그날 하루의 길고 길었던 잿빛 길들이 지금도 머릿속에 어지럽게 얼룩져 있다.

다시 한 번 고인의 명복을 빕니다.　　　　　　　　　　※

때론 그런 상상을 할 때가 있어요.
비행기가 긴 진동 끝에 지면을 딛고 중력으로부터 나를 떼어내는 순간,
나를 누르고 있던 것들이 나에게서 떨어져
땅바닥 위로 흩뿌려지는 듯한 상상.

세상의 모든 고독
아이슬란드

07

편지

이곳은 흐린 구름으로 뒤덮인 오후 3시입니다. 그간의 경험으로 미루어 보면 아마 곧 해가 질 겁니다. 이곳에 해가 지면 서울은 해가 뜰 시간이 되겠죠. 당신은 분명 아직 깊이 잠들어 있을 테고요. 동계올림픽이라도 열릴 법한 러시아의 도시 이름 같던 레이캬비크라는 곳에 이제 제법 친숙해졌습니다. 길치인 내가 어딜 가더라도 문제없이 아파트에 돌아올 수 있게 되었어요. 물론 여전히 할 줄 아는 아이슬란드어는 'Takk(고마워)'밖에 없지만요.

  며칠째 이 시간에 같은 카페에 와 있어요. 문을 열고 조금 더 내려가면 바로 바다를 볼 수 있는 곳에 자리하고 있습니다. 여기 커피는 꽤 훌륭합니다. 사실 너무 진한 게 아닌가 싶은 생각도 들지만 비싼 커피 가격을 생각하면 한번 마실 때 진하게 마시는 게 나을 수도 있다는 근거 없는 생각을 하면서 창가 자리에 앉아 이 글을 쓰고 있습니다. 서울에선 이렇게 공공장소에서 무언가를 쓰거나 만들거나 하는 일이 좀처럼 없었지만 레이캬비크에선 왜인지 매일매일 이곳에 와서 컴퓨터로 음악을 끄적이거나 이렇게 글을 쓰거나 하고 있습니다. 역시 아무도 내가 누구인지 모르고 한글을 알아볼 수 없다는 사실이 갖는 매력은 크네요. 이곳에 비치된 잡지들이 나에게 무용지물인 것과 마찬가지로요.

이곳 사람들은 모든 것이 느립니다. 식당이나 가게는 늦게 문을 열고 놀랍도록 일찍 닫습니다. 똑같은 무늬의 양털 스웨터를 입고 느릿느릿 책을 읽거나 노트북을 하거나 알아들을 수 없는 언어로 수다를 떱니다. 나의 눈엔 왠지 평일 오후의 풍경답지 않아 보입니다. '열심히 일한다!'라는 생각이 드는 사람들은 별로 없지만 이곳에선 그 느긋함이 더 자연스러운 광경입니다. 맹목적인 강박으로 주변을 돌아보지 못하고 쉴 없이 이런저런 일을 벌이며 내달려온 내가 도리어 이상한 사람일 겁니다. 이곳에 머무는 나는 정지 버튼을 누른 사람입니다. 그것이 지금의 나에게 사실 무엇보다 필요한 것이었음을 깨달았습니다. 모든 게 조금은 느리던 당신과의 길고 길었던 속도 차 역시 결국 생각해보면 나의 성급함 때문이었습니다. 미안한 생각이 많이 듭니다.

그나저나 추워요. 레이캬비크는 그나마 좀 덜한 듯도 하지만 이곳도 가끔 돌풍이 휘몰아치기 시작하면 만만치 않습니다. 바람이 이렇게 불어대니 햇볕이 있는 곳으로 자리를 옮겨도 별반 나아질 것이 없습니다. 아니 그보다 태양을 만날 일 자체가 별로 없죠. 얼음과 불의 땅이라고만 하고, 사람들은 바람과 구름 얘기는 왜 슬쩍 뺀 걸까요. 동쪽을 여행할 때 세이디스피외르뒤르에선 바람에 몸을 가누지 못하고 휘둘리다가 물에 빠질 뻔한 적도 있었을 정도예요.

얼마간 각오는 했었지만 아이슬란드는 지금껏 가본 그 어떤 곳보다도 낯설고 외로운 곳이었습니다. 익숙한 것이라곤 전혀 찾아볼 수 없었고 펼쳐지는 풍경들은 모두 생전 처음 보는 것들이었어요. 짧은 낮과 길고 긴 밤, 그리고 흐린 하늘은 여행 내내 나를 우울하게 만들었습니다. 당신이 했던 얘기처럼 나는 혼자 있는 게 더 어울리는 사람일지도 모른다 생각했었지만 이곳에서의 '혼자'는 그렇게 안락하지도 편안하지도 않았습니다.

때론 그런 상상을 할 때가 있어요. 비행기가 긴 진동 끝에 지면을 딛고 중력으로부터 나를 떼어내는 순간, 나를 누르고 있던 것들이 나에게서 떨어져 땅바닥 위로 흩뿌려지는 듯한 상상. 다시 돌아오면 그 무게들이 어디론가로 깨끗이 사라져 있기를 바라는 그런 희망 말이죠. 그렇게, 당신이 내게 남기고 떠난 무게를 아이슬란드에서까지 짊어지고 싶지 않았습니다. 이곳에서의 걸음걸음, 순간순간, 눈앞에 비치는 많은 것들에 당신을 투영하고 싶지 않았습니다. 당신을 이곳에 데려오고 싶지 않았습니다.

　혼자 누운 차가운 침대에서, 촛불을 켠 채 혼자 앉은 레스토랑의 테이블에서, 막막한 길을 하염없이 달리는 좁은 도로 위의 운전석에서, 당신을 그리워하고 싶지 않았습니다. 원망도 미움도 다시 입에 주워 담기 민망할 정도의 시간이 흘러버렸습니다. 그럼에도 우리의 상처는 그렇게 쉽게 사라지지도 않습니다. 우리가 한때 순간의 감정에 취해 여전히 서로를 필요로 한다고 생각했었더라도 우리는 이제 그렇게 반짝이던 시간의 사람들이 아닙니다. 아니, 당신은 여전히 반짝이겠지만 나는 이제 '청춘'이라 불리던 정점의 계단을 내려온 사람입니다. 이제 내게 남아 있는 당신의 기억이라는 것은 미련과 아쉬움이 아닌, 그저 가슴 한구석 잠깐 동안만 먹먹해하고 쓴웃음으로 넘겨버리면 그만인 그런 것이 되어야만 합니다. 그래서 당신을 잊기 위해 이곳으로 떠나왔다는 식의 이야기를 하고 싶지는 않습니다.

　다만.

내가 본 모습을 같이 보았으면 어떨까, 하고 생각했습니다. 우리가 살고 있는 곳에서 아주 먼 어딘가에는 얼음으로 뒤덮인 대지가 있고, 상상할 수 없을 정도로 서늘한 푸른색을 가진 바다가 육지로 들어와 있고, 가끔 밤하늘에 별과 달이 아니라 초록빛이 벨벳처럼 내려오기도 하는 그런 곳이 있다고. 사람의 일 따위는 어쩌면 정말 아무것도 아닌 것이었구나, 하는 기분을 함께 느꼈으면 어땠을까 하고 생각합니다. 그러면 우리가 갖고 있던 괴로움이라는 것도 '참 별거 아니었군요' 하면서 마주 보고 웃을 수 있지 않았을까요? 물론, 쓸모없는 망상입니다.

이 편지를 당신에게 보낼 일은 아마 영원히 오지 않겠지요. 전하지도 못할 편지 같은 건, 혹은 그와 비슷한 무게의 의미 없는 것들은 이 세상에 이미 얼마든지 더 있을 거라 생각하기에 나의 행동이 우습거나 부끄럽지는 않습니다. 그래도 혹시 이 편지를 당신이 읽게 될 날이 온다면 지금껏 그래왔듯이 또 모른 척해주기를, 간절히 바라겠습니다.

서울도 분명 점점 추워지겠지요. 내가 한국에 돌아가면 아마 겨울이 시작될 겁니다. 올해의 겨울은 정말 길고 긴 시간이 될 것 같군요.

부디, 행복하길 바랍니다. ✳

나는 이곳에서 내가 원하면 '일시 정지' 버튼을 누를 수 있게 되었다.
대자연이 내게 준 선물들 중 하나였다.
나는 언제든 남들이 달려 나가는 시간 따위 개의치 않고
내 시간 안에서 머물 수 있었다.

세상의 모든 고독
아이슬란드

08

시간을 멈추는 버튼

고양이를 발견했다. 추운 날씨 때문인지 아니면 다른 이유가 있는 건지 이곳에서 우연히 동물을 마주치는 일은 쉽지 않았기 때문에(물론 부둣가와 호숫가에 넘쳐나던 새들은 빼고) 우연히 발견한 갈색 줄무늬 고양이는 유난히 반가웠다.

목걸이를 단 걸로 보아 누군가가 키우는 고양이일 것이다. 매일 약속이나 한 듯 한 번은 들르는 레코드숍 12토나르 부근 어디선가였다. 움직임이 많지 않은 뚱뚱한 고양이. 사람의 손을 탄 놈일 테니 혹시나 하는 마음에 불러보았지만 역시나 반응이 없다. 하긴 내가 불러서 오는 고양이는 내가 키우는 녀석밖에 없다(그 또한 자기 기분 내

킬 때에 한해서지만). 서울에 있는 녀석이 보고 싶어졌다. 그런 별것 아
닌 일상의 순간들이 일으키는 그리움들이 모여 이제 내가 집으로 돌
아갈 시간이 다가오고 있다는 걸 일깨워주었다.

해가 점점 짧아지고 있음에도 이곳의 하루는 서울보다 길게 느껴
졌다. 별다른 할 일이 없어서였는지, 아니면 여기서 해볼 만한 일들은
다 해봤다는 마음 때문인지, 얼마 남지 않은 시간에 대한 안타까움과
조바심이 생겨야 당연할 텐데도 시간의 속도는 왜인지 더디게 느껴
졌다.

그녀는 언제나 쉴 틈이 필요하다고 입버릇처럼 말했다. 시간은 두
려우리만큼 우리의 젊음을 빼앗아 고속으로 달려가고 있었고 그녀
는 그 속도를 따라가지 못해 힘들다고 말했다. 해야 할 일들은 많았
고 거침없는 시간의 속도와 보조를 맞추기에 그녀의 걸음은 언제나
느렸다. 우리는 시간에 대한 두려움을 견디지 못했고 결국 나는 유난
히 재깍거리던 내 방 벽시계의 배터리를 빼버렸다.

내가 사는 동네는 변화가 너무 빨랐다. 돌아보면 새로운 매장이
들어서 있었고 일요일 오후 느긋하게 가로수를 바라보며 커피를 마
시던 조그마한 카페는 언젠가 건물째 사라져 버렸다. 사람이 갑자기
늘어났고 모여 살던 친구들은 떠났으며 '여긴 내가 10년째 다니고
있지!'라고 자랑할 만한 단골집 하나 없이 모두 바뀌어갔다. 13년째

나의 동네는 늘 나를 이방인처럼 느끼게 했다. 매일 무언가는 무너지고 무언가는 새로 생겨나고 있었다.

세상 물정에 대한 눈치 없이 조용히 살던 나는 결국 '남겨진 사람'이 되었다. 취업을 하고 사업을 하고 결혼을 하게 된 친구들 사이에서 나는 여전히 음악 하는 사람으로 남아 있다. 10년 넘도록 계단이 많은 같은 집에서 살며 끊임없이 음악을 만들고 사람을 만나고 사람을 떠나보내며 울고 웃었다. 그 시간 동안 늘 곁을 지켜준 손바닥만 했던 고양이는 어느새 노묘가 되었다. 순식간이었던 것 같지만 기억 하나하나를 세심하게 끄집어내 곱씹어보면, 사실 그건 정말 아주 길고 긴 시간이다.

생각해보면 나의 시간은 언제든지 내가 마음먹기에 따라 그 속도를 달리하는 것이었다. 내 삶의 템포에 언제든 발맞추어 흘러주었다. 시간이 따라잡을 수 없을 정도로 숨 막히게 흐른다 느꼈던 건 결국 내가 다른 사람들의 시간만을 보았기 때문이다. 다른 사람의 시간과 나의 시간을 비교했기 때문이다.

따지고 보면 거리가 그렇게 빨리 변하는 것, 세상이 너무도 빨리 변하는 것도 나와는 크게 상관이 없는 일이다. 세상의 변화에 적응해가야 한다는 조바심이 나를 다그쳤던 것이다. 다른 사람의 시간을 따라잡지 못한다고 느낀 순간, 나는 외로워져 버렸다.

헤아릴 수 없는 시간 동안 같은 모습으로 있는 이 땅에서 나의 조급했던 몇십 년은 순식간에 아무것도 아닌 것이 되었다. 이곳은 급하게 변하지 않는다. 이곳 사람들은 자신들의 터전을 급하게 바꾸려 애쓰지 않는다. '아 오늘도 어제와 변함 없는 하루구나'라는 마음으로 하루하루가 흐르고 있었다. 이곳에서 나는 다른 사람과 나의 시간을 비교하지 않게 되었으며 도시의 흐름에 맞추어 자연스럽게 시간을 잊어버렸다.

매일 무언가를 떠올리기 위해, 혹은 그냥 아무것도 하지 않기 위해 목적지 없는 길을 터덜거리며 눈에 익숙해져 가는 거리를 구경하면서 시간을 보내는 일이 낭비처럼 느껴지지 않았다. 저 무뚝뚝한 고양이 놈을 지켜보는 일에 하루를 다 쓴다고 해도 상관없었다. 그것은 쫓고 쫓기며 살아온 어느 도시인의 철부지 같은 보상 심리였을 수도 있다. 집으로 돌아가면 분명히 나는 마하의 속도로 달려가는 서울의 시간에 맞추려 다시 허덕이게 될 것이다. 이곳에서 수없이 겪었던 '시간이 멈추는 듯한' 경험을 할 수 없게 될지도 모른다.

하지만 분명 나는 이곳에서 내가 원하면 '일시 정지' 버튼을 누를 수 있게 되었다. 대자연에게서 얻은 선물들 중 하나다. 나는 언제든 남들이 달려 나가는 시간 따위 개의치 않고 내 시간 안에서 머물수 있었다. 숨 막히게 아름다운 풍경 앞이 아니더라도. 반쯤 남은 식

은 커피잔을 만지작거리던 카페의 창가 자리에서, 출국 수속을 할 때까지 이 옷을 살까 말까 망설였던 공항의 66노스^{66north} 매장 안에서, 주인 할머니가 나를 알아보기 시작한 핫도그 노점 앞에서 나는 언제든 시간을 멈출 수 있었다. 그러면 고맙게도 이 도시는 나를 따라 멈추어주었다.

❈

음악을 사랑하는 나에게 음악은 나를 가장 안정시켜 주는 존재이다.
하지만 음악을 만드는 나에게 음악은 때때로 가혹하다.
그는 늘 새로운 무언가를 만들기 위한 원동력을 내게 요구한다.

세상의 모든 고독
아이슬란드

09

기억을 더듬어 소리에 담는 일

레이캬비크의 랜드마크인 하들그림스키르캬 교회로 가는 언덕길은 매일 빠지지 않는 산책 코스 중 하나였다. 엘리베이터를 타고 오르는 전망대에서 바라보는 시내의 전경도 멋지지만, 무엇보다 내가 좋아했던 건 교회 안 의자에 걸터앉아 가끔씩 연습하는 성가대를 보는 일이나 실내에 설치된 거대한 파이프오르간의 소리를 듣는 시간이었다.

　파이프오르간은 참 호사스러운 악기이다. 파이프의 길이와 규모에 따라 그 울림의 질이 결정되기에 어지간한 규모의 공간이 아니라면 악기를 설치하는 것조차 힘들다. 게다가 사람이 연주할 수 있는 가장 커다란 악기이다. 하들그림스키르캬의 파이프오르간 역시 높

은 교회 천장의 끝까지 닿을 만큼 컸고, 넓은 홀을 울리는 음색은 레코딩으로는 담을 수 없는 아름다움을 지니고 있었다. 그것은 대규모 합창과도 같은 숭고함을 풍겼다. 나는 종교가 없지만 준엄한 인상을 가진 백발의 연주자가 세심하게 누르는 파이프오르간의 음색이 던져주는 감정의 흔들림이란 정말 대단해서, 오전 시간에 느긋하게 앉아 그 선율을 듣고 있자면 그야말로 없던 신앙심도 생겨날 것 같았다. 화려하거나 거창하게 꾸며지지 않은 교회의 담백하고 단아한 실내 분위기도 큰 역할을 했다.

음악을 사랑하는 나에게 음악은 나를 가장 안정시켜 주는 존재이다. 하지만 음악을 만드는 나에게 음악은 때때로 가혹하다. 그는 늘 새로운 무언가를 만들기 위한 원동력을 내게 요구한다. 많은 영감들을 넣는다고 늘 좋은 결과를 내지 못하는, 그래서 언제나 묵직한 고민의 무게를 지고 사는 나는 형편없는 연비를 가진 엔진이다. 아이슬란드 일주를 하는 동안에도 눈앞에 펼쳐지는 아름다움들 사이에서 나는 때때로 고민했다. 쉼 없이 접하게 되는 감동과 소용돌이치는 감정들을 어떻게든 음악으로 옮기고 싶다는 강박에 가까운 간절함이었다.

10여 년이라는 시간 동안 음악가라는 직업으로 살면서 음악을 만드는 일이 항상 즐거웠노라고 말할 수는 없다. 아니 생각해 보면 오히려 괴로웠던 일들이 더 많았다. 쉽게 아물게 됐을 수도 있는 상처를 군이 오랫동안 계속해서 할퀴어내야 했고, 그렇게 끄집어낸 어두운 기억을 많은 사람들과 공유해야 했다. 이 일은 일기장의 가장 아픈 페이지를 모두에게 공개하는 것과 같다. 매사에 그다지 꼼꼼하지 못한 성격인 주제에 음악을 만들 땐 '완벽주의'라는 이상한 강박이 작용하여 스스로 스트레스를 키워갔다. 누군가에겐 '물 흐르는 것처럼', '호흡하는 것처럼' 자연스럽게 나오는 음악이 나에겐 힘든 일이었다. 나를 몰아넣고 고립시켜가며 그렇게 음악은 나를 점점 더 외롭게 만들었다.

레이캬비크에 머무는 동안 어디를 가든 노트북이 든 백팩을 메고 다녔다. 카페에 앉아 작업을 하기도 하고 어떤 날에는 일찍 숙소로 돌아와 작은 건반과 헤드폰을 노트북에 꽂고 밤새도록 음악을 만들기도 했다. 무언가에 속박되지 않고 자유롭게 음악을 만드는 경험은 실로 오랜만이었다. 그 누구를 위한 것도 아닌 오직 나만을 위한 음악이었다. 일기를 쓰는 마음으로 이곳의 기억들을 소리로 기록했다. 광대한 지평선을, 빙하가 떠다니는 서슬 퍼런 호수를, 마음을 송두리째 앗아갔던 폭포를, 영겁의 고독 같던 북쪽의 눈을 그려나갔다.

음악을 만드는 일은 결국 개인의 기억을 기록하는 일이다.

매일 밤 희망했다. 지금 작은 컴퓨터에 남겨둔 기억의 파편을 담

은 소리들이 나중에 어떤 음악으로 만들어질지는 알 수 없다. 그러나 언제든 완성된 음악을 들었을 때 지금 이 순간의 공기와 아이슬란드에 머무는 동안 가슴 가득 벅차게 떠다니던 그 무언가들이 마치 마법처럼 고스란히 상기될 수 있기를, 그런 음악을 만들면서 앞으로도 계속 살아갈 수 있기를 염원했다. ❋

해가 난 건 결국 이륙한 뒤었다.
어제 오후, 아파트 주변 항구 언저리에서 바라본 바다의 모습이
결국 내가 본 아이슬란드의 마지막 풍경이었던 셈이다.
시간이 어떻게 흘러갔는지 모를 순간이었다.

세상의 모든 고독
아이슬란드

10

귀향

한국으로 출발을 하루 앞둔 날 아침, 눈을 떴다. '아 오늘도 여전히 나는 아이슬란드에 있구나!'라는 새날의 환희를 누리는 것도 오늘이 마지막이다.

마지막이라고 무슨 거창한 계획을 세우진 않았다. 평소와 다름없이 침대에서 일어나 커피를 내리고, 샤워를 하고, 대충 아침을 때운 뒤 거리로 나섰다. 매일 밖에 나와 거리를 돌아다니는 일이 누군가에겐 평범한 일상일 수도 있겠지만 집과 작업실을 함께 써서 외출이 많지 않은 나에겐 이런 사소함마저도 매우 특별한 것이었다. 새삼 이 각별했던 빈둥거림도 오늘이 마지막이라고 생각하니 기분이 좀 이

상해지려 했지만 이런 감상에 빠지지 않고 담담하게 하루를 보내고 싶었다.

아파트와 같은 건물에 있는 커다란 서점에서 아이슬란드의 풍경이 담긴 사진엽서 몇 장을 구입한 뒤 함께 일하는 라디오 스태프들에게 줄 간단한 편지를 썼다. 그러고는 하들그림스키르캬 교회를 한 바퀴 돌고 맞은편 카페에 앉아 잠시 머물렀다.

날씨가 좋다. 대학 시절 잔뜩 술을 퍼마시고 친구 자취방에서 자고 일어나면 항상 날씨가 눈부셨는데 그런 기분이다. 얄밉게도 화창한 날씨이다. 왜 하필 오늘에 와서!

날씨가 좋으면 이 도시는 말 그대로 '반짝거린다'.

　거리를 수놓은 알록달록한 색깔들이 더욱 돋보이고 바다는 더 파랗게 빛난다. 아이슬란드 왕초보의 이기적 안목으로 외곽의 비현실적 풍경들과 비교해 늘 저평가되었던 레이캬비크는 그럼에도 세계에서 손꼽히는 아름다운 도시다. 그럴 리 없을 것이다 생각하면서도 어쩌면 마지막일 수도 있을 레이캬비크의 바다, 그리고 그 너머의 설산을 멍하니 바라보았다.

　12토나르에서 매일 듣던 낯선 뮤지션들의 음악도, 한산한 가게 문을 열던 카페의 여점원과도 안녕이다. 그들은 모두 그대로인 채 이 느긋한 일상 속에서 나만 사라지게 될 것이다.

　오늘은 핼러윈 데이다. 이곳에선 핼러윈이라고 그렇게 떠들썩한 분위기는 찾을 수 없었다. 밤이 되어서야 몇몇 취한 여행자들의 흥분 어린 고성이 조금 들려왔을 뿐이다. SNS를 통해 본 서울의 거리가 수천 배는 더 요란해 보였지만, 창밖에서 들려오는 몇몇 사람들의 과자를 내놓으라는 소리에 나는 달라는 사람도 줄 사람도 없는 이방인이라는 생각이 들어 결국 조금 우울해져 버렸다. 밤에 종종 가곤 했던 작은 바를 찾아 또 한 잔을 주문했다. '난 오늘이 마지막이야. 내일 떠나'라고 말하고 싶었지만 어차피 그들과는 상관없는 일이었다. 오늘따라 실내는 사람들로 가득 차 있었고 1990년대 히트했던 록 넘버들이 연달아 흘러나오고 있었다. 즐거운 표정으로 라디오헤드^{Radiohead}의 〈Creep〉을 따라 부르는 사람들을 보는 기분은 참 묘했다.

돌아가는 비행기는 오전 8시 30분에 케플라비크 공항에서 출발해 암스테르담으로 향하는 비행기였다. 전날 아파트의 안내 데스크에 가서 공항으로 가는 택시를 예약했다. 아이슬란드의 택시를 경험해보고 싶기도 했고 여러 명이면 돈을 나눠 낼 수 있다길래 카풀도 은근 기대했지만 안타깝게도 그 시간에 공항에 가는 사람은 나밖에 없었다. 관리인 제시카는 40분밖에 걸리지 않는 공항이지만 새벽 5시 반에는 출발해야 한다고 말했다. 수속에도 적잖이 시간이 걸리고 면세 신청을 하는 데도 줄을 꽤나 서야 한다며.

하루를 어지간히도 늦게 시작하는 이곳 사람들 때문에 걱정이 되어 제대로 예약됐는지 계속 확인했다.

"걱정 마. 야간 담당에게 전달해둘게."

대답을 들어도 한없이 느긋하기만 해 보이는 아이슬란드 사람들을 이럴 땐 쉽게 믿기가 힘들었다. 게다가 핼러윈이 끝난 다음 날인 토요일, 엎친 데 덮친 격이다. '5시 반이라고 했으니 6시쯤에 오겠군. 그럼 얼추 맞겠지'라고 생각해버렸다. 새벽같이 일어나야 해서 일찍 하루를 끝내고 꼼꼼히 짐을 챙겼지만 쉬이 잠들지 못했다. 유난히 높은 침실 천장을 바라보며 멍하니 누워 있다가 여행 기간 동안 미뤄둔 웹툰들을 보며 시간을 보냈다. 결국은 떠나는 날이 오긴 오는구나.

아쉬움? 아쉬움은 없다고 생각했다. 새로 만난 친구도 없이 혼자서 너무 오랜 시간을 보냈다. 여행 초기에는 외로움을 달래려 SNS를 검색하고 작업을 마친 영화들의 평점을 확인하고 매일같이 한국 뉴스를 검색했었다. 그러나 서서히 그 빈도는 줄어들었고 자연스럽게 이곳에만 집중하게 됐다. 때때로 내가 무엇을 하는 사람인지, 무엇을 해야 하는 사람인지조차 잊고 대자연의 관찰자로서 살았다. 하지만 시간은 결국 나를 그리움으로 몰아넣었고, 무엇보다 사진과 영상으로는 담을 수도 전달할 수도 없는 칼 같은 바람과 추위에 조금은 질려버렸을 수도 있다.

정말 신기하게도 이곳을 떠나기로 한 날 때마침 친한 작곡가 동생들이 덴마크 출장을 앞두고 암스테르담에 머물고 있었기에 그들을 만나기로 약속했다. 타지에서 아는 사람을 만난다는 기쁨이 아쉬움을 이겼는지도 모를 일이다. 그리고 왜인지 '나는 분명히 이곳을 다시 찾게 될 것이다'라는 확신이 있었다. 내 삶에서 이곳을 잊어버리고 사는 일은 없으리라 생각했다.

거의 잠을 설치고 시간 맞춰 로비로 내려갔다(직접 문을 여닫아야 하는, 그런데도 매번 까먹어 망신당했던 이 납득 안 되는 엘리베이터 녀석과도 작별이다).

웬걸, 택시 기사 할아버지가 이미 현관에서 나를 기다리고 있었다. 정확하게 5시 반이었다. 이 평온함과 느긋함도 모두 합리적인 질서 위에 세워져 있는 것이라는 걸 잠시 간과했었다. 택시라고는 하지만 영국에서도 흔하게 본 사설 차량이다. 역시나 한국산 SUV(그리고 보니 아이슬란드 여행 내내 한국산 차만 탔다)에 커다란 가방을 싣고 공항으로 향했다.

마지막으로 차에서 이 나라의 아름다움을 보려던 계획은 물 건너갔다. 이제는 오전 9시 정도는 되어야 해가 뜨기 때문이다. 공항에 도착해서도 여전히 세상은 한밤중이었다.

이곳, 오직 공항만이 사람들로 붐비고 있다. 한 공간에 이렇게 많

은 사람들이 모여 있는 걸 보는 것도 아이슬란드에 온 이래 처음이
다. 작은 공항임에도 미국과 유럽을 잇는 항공의 허브라는 말이 틀린
게 아니었나 보다. 탑승 수속을 마치고 커피와 짠맛 나는 연어 샐러
드로 아침 식사를 하며 남은 시간을 보냈다. 이국의 공항이 주는 낯
섦 같은 건 없었다. 뭐든 두 번째는 익숙해져 버리는 법이다.

해가 난 건 결국 이륙한 뒤였다. 어제 오후, 아파트 주변 항구 언저
리에서 바라본 바다의 모습이 결국 내가 본 아이슬란드의 마지막 풍
경이었던 셈이다. 시간이 어떻게 흘러갔는지 모를 순간이었다. 긴 세
월 나를 눌러온 삶의 무게와 고독을 위로한 여행이었다. 태어난 이
후 경험한 가장 고요한 시간들이었고 가장 아름다운 풍경들이었다.

의자 깊숙이 몸을 묻고 비행기의 진동을 느끼고 있자니 비로소 내가 그것들과 이별했다는 것이 실감 났다.

우리의 음악을 '위로'라고 표현하는 분들이 많았다. 우울하고 슬픈 기조의 음악들이 많은데 어떻게 그런 걸 듣고 위로를 받느냐고 되물었던 적도 있었다. 그들의 대답은 한결같았다.

'나만 이렇게 힘든 게 아니구나', '나만 슬픈 게 아니구나'라는 생각이 들어서 위안이 된다고.

아이슬란드는 나에게 그런 존재가 되어주었다. 이 땅의 얼음처럼 헤아릴 수 없을 만큼 깊고 두껍게 켜켜이 쌓인 고독은 역설적으로 지친 나를 따스하게 달래주었다. 그 거대한 품으로 내 모든 것을 이해해주었고, 감싸주었고, 그리고 용서해주었다. 이곳에서 흘러내렸던 수차례의 눈물은 분명 그 위안으로 인한 것이었을 터다.

'그냥 여기 있을까?' 싶을 정도로 매력적이었던 암스테르담이 그저 혼잡하고 시끄럽게만 느껴졌다. 수많은 사람들이 스쳐 지나는 거리는 그만큼의 지저분함을 남긴다. 생기 넘치던 거리의 모습이 분주하고 정신없게만 보이고 오밀조밀한 예쁜 건물들마저 '뭐 이렇게 건물을 다닥다닥 붙여놨어?'라는 볼멘 시선으로 바라보게 되었다. 세상을 등지고 산속에서만 살다가 이제 막 다시 속세로 나온 듯한 이 기분은 서울로 돌아가면 한동안 더할 것이다. 유난히 반갑던 동료들

을 만나 식사와 함께 실로 오랜만의 수다를 떨고 난 뒤, 해 질 무렵 인천행 비행기에 올랐다.

긴 시간 잠을 자고 일어나면 꿈에서 깨어 있을 것이다.　　※

후유증

그냥 그런 사람이 되어버렸다.

여전히 늦게 잠들어 늦게 눈을 떴고, 햇빛을 보는 시간이 줄어들었다. 다시 많이 걷지 않게 되었고 매일 거의 같은 거리 풍경을 보며 살게 되었다. 늘 찾던 카페에서 커피를 마시고 늘 비슷한 음식을 만들거나 사 먹었다. 다시 곡을 쓰고 앨범 준비를 하기 시작했고 새 영화를 계약했으며 매주 해야 하는 스케줄들을 소화하기 시작했다. 사람은 우리가 생각하는 것만큼 큰 존재가 아니며 누군가에게 보이기 위한 치장에 애쓰는 건 참 부질없는 짓이라는 걸 깨달았다며 떠들던 내가 다시 갖고 싶은 물건들을 천연덕스레 위시리스트에 넣기 시작했다. 나는 나의 늙은 고양이와 함께 그렇게 조용히 일상으로 돌아갔다.

처음 한 달 동안은 정말 힘들었다.

이렇게 후유증이 크고 긴 여행은 처음이었다. 사실은 예감하고 있었다. 내가 살아오며 지켜본 모든 질서와 법칙에서 벗어난 세계에 다녀왔으니 어찌 보면 당연한 일이었다. 여행은 휴식이고 일상에서의 새로운 에너지를 위한 충전이니 이제 열심히 현실에 충실해야 한다는 교과서적인 대답 따위 망각한 채 긴 시간 동안 아이슬란드의 망령에 붙들려 살았다.

'여행'을 했다는 기분이 아니라 숨 막히는 작품이나 공연 한 편을 감상한 기분이었다. 그 떨림은 좀처럼 잦아들지 않는 종류의 것이었다. 올림픽 대로를 지나면서도 한강 너머 빼곡한 빌딩 숲을 보려 하지 않았고 자동차들로 꽉 막힌 다차선의 넓은 도로를 믿으려 하지 않았다. 눈앞에 여전히 그곳의 풍경이 펼쳐져 있는 듯한 착란이 일었다. 스스로의 마음을 여전히 그곳에 머물게 하여 나를 현실로부터 고립시켰다.

친구들에게 찍어 온 사진들을 보여주며 눈을 반짝거리면서 쉴 새 없이 이야기를 하기도 했고, 그 아름답던 자연의 선물에 대한 보답처럼 평소 관심도 없던 환경 단체에 가입하여 정기적인 기부도 시작했다. 아끼는 지인들과의 술자리에선 술에 취해 '너도 무조건 한번 가 봐야 해!'라며 막무가내로 강요 아닌 강요를 했다. 이후로도 한참 동안 아이슬란드 음악만 들으며 지냈다. 그 풍광 속에 흐르던 선율의 감동을 잊지 못했고, 어떻게든 오랫동안 기억하고 싶어서였다.

하지만 늘 그래왔듯 결국 시간은 대부분의 것들을 희미하게 만든다. 그리고 난 더 이상 그곳에 대한 이야기를 하지 않게 되었다. 미셸 공드리Michel Gondry의 영화처럼, 내가 걸음을 디뎠던 아이슬란드의 이 곳저곳들이 조금씩 하얗게 머릿속에서 사라져가는 건 아닌지 두려 웠다. 그곳에서 구름처럼 천천히 흐르던 시간은 다시 서울이라는 도 시의 빠른 흐름 속에서 가속도가 붙기 시작했다. 함께 얘기할 사람이 있고 알아들을 수 있는 텔레비전과 읽을 수 있는 글이 가득했지만 그 알 수 없는 허탈감은 계속되었다. 기분을 달래보려 잠시 짧은 여 행을 다녀오기도 했지만 내가 '아름답다'라는 표현에 꽤나 인색해졌 다는 사실을 깨닫게 됐을 뿐이었다.

과거의 상처가 더 이상 아픈지도 알 수 없지만 잊히지는 않는 것 처럼 아이슬란드는 내 머릿속에 그렇게 각인되어가기 시작했다. 세 상 모든 아름다움들이 다 모여 있는 듯했던 그 눈부신 길을 걸었다 는 사실만큼은 내가 기억하는 한 사라지지 않는다. 그곳은 완벽에 가 까운 일상으로부터의 도피처였다.

고독이란 사람과의 관계 부재로 이루어지는 것보다 훨씬 더 근원 적이고 깊은 자기 자신 속의 감정이라는 것을 아이슬란드는 나에게 가르쳐주었다. 어디에서 살고 있건 삶은 끝없는 고독의 탐색이다. 사 람들은 그 안에서 각자의 길을 찾고 그 길을 향해 걷는다. 고독을 이 겨내기 위한 노력이 결국 생의 원동력이 된다.

그곳에서 나는 외로웠다. 나 이외에 그 누구도 존재하지 않는 세상에 대한 유사 체험이었다. 동시에 사람의 온기가 가진 의미에 대해 다시금 깨닫는 계기가 되기도 했다. 서울에서 긴 후유증의 시간을 보낸 후 사람을 대하고 생각하는 나의 마음이 변화했음을 인식했다.

여행은 끝났지만 삶의 여정은 아직 끝나지 않았다. 남아 있는 시간을 살아가며 나는 계속 행복과 불행의, 충만과 고독의 양 갈래 길을 오가며 한참 동안 걷게 될 것이다. 그러다 벽에 맞닥뜨리는 순간이 오면 다시 그곳에서의 순간을 되새길 것이다. 멈춰 있던 시간과 영겁의 풍경, 그리고 흠결 없던 공기의 냄새를 기억해낼 것이다.

그렇게 슬픔의 발자취를 좇아서 걸어가다 보면 나는 분명 다시 그곳을 향하고 있을 것이다.   ❋

THANKS TO

한 번도 가보지 못한,
어디선가 비슷한 것조차 경험해본 적 없었던
막막하고 외롭고 긴 여정이었습니다.

한 권의 책을 쓰는 것 또한 마찬가지로
막막하고 외롭고 긴 여정이었습니다만
힘을 주고 도와주신 분들이 있었기에 여기까지 올 수 있었습니다.

경험이 없던 저에게 기회와 도움을 주신 홍익출판사 분들,
스토리볼 연재를 권해준 다음카카오 강길주 님과 스태프 분들,
시규어 로스의 가사 인용을 허락해주신 유니버설 뮤직 관계자 분들,
아이슬란드 여행에 많은 도움을 준 김병우 감독,
음원 제작에 힘써준 파스텔 뮤직 스태프들,
북트레일러를 제작해준 욱영,
그리고 부족한 글을 아껴주시리라 믿는 많은 분들에게 감사드립니다.

나의 늙은 고양이와 삶의 위안에게 이 글을 바칩니다.

2015년 6월 이준오

세상의 모든 고독
아이슬란드

초판 1쇄 발행일 2015년 06월 22일
초판 2쇄 발행일 2015년 07월 15일

글/사진   이준오
발행인   이승용
주간   이미숙
편집기획부   김호주 정아영 김솔지   **디자인팀**   황아영 김선경
마케팅부   김선호 송영우 박치은   **경영지원팀**   이지현 김지희

발행처   ㈜홍익출판사
출판등록번호 제1-568호
출판등록   1987년 12월 1일
주소   [121-840]서울 마포구 양화로 78-20(서교동 395-163)
대표전화   02-323-0421   **팩스** 02-337-0569
메일   editor@hongikbooks.com
홈페이지   www.hongikbooks.com

ISBN 978-89-7065-470-6 (03810)

이 도서의 국립중앙도서관 출판시도서목록(CIP)은
e-CIP 홈페이지(www.nl.go.kr/ecip)에서 이용하실 수 있습니다.
(CIP제어번호 : 2015015820)